Walter Campos de Carvalho

A chuva imóvel

Campos de Carvalho

A chuva imóvel

2ª edição

JOSÉ OLYMPIO
EDITORA

EDITORA JOSÉ OLYMPIO LTDA.
Rua Argentina, 171 – 1º andar – São Cristóvão
20921-380 – Rio de Janeiro, RJ – República Federativa do Brasil
Tel.: (21) 2585-2060 Fax: (21) 2585-2086
Printed in Brazil / Impresso no Brasil

Atendemos pelo Reembolso Postal

ISBN 978-85-03-00988-1

Capa: LUCIANA MELLO E MONIKA MAYER

CIP-Brasil. Catalogação-na-fonte
Sindicato Nacional dos Editores de Livros, RJ.

Carvalho, Campos de, 1916-1998

C322c A chuva imóvel / Campos de Carvalho. – 2ª ed. – Rio de Janeiro:
2ª ed. José Olympio, 2008.

ISBN 978-85-03-00988-1

1. Romance brasileiro. I. Título.

CDD – 869.93
08-1622 CDU – 821.134.3(81)-3

Sobre o autor

Walter Campos de Carvalho nasceu a 1º de novembro de 1916, em Uberaba, Minas Gerais. Formado em direito, foi procurador do estado de São Paulo, onde viveu em companhia da esposa Lygia Rosa de Carvalho.

Campos de Carvalho, como ficou conhecido no meio literário, publicou, em 1941, seu primeiro livro *Banda forra* (ensaios humorísticos) e, em 1954, o romance *Tribo*, ambos renegados pelo autor. Em seguida lançou *A lua vem da Ásia* (1956), *Vaca de nariz sutil* (1961), *A chuva imóvel* (1963) e *O púcaro búlgaro* (1964), hoje considerados verdadeiros marcos da literatura nacional e reeditados, em 1995, pela José Olympio, em *Obra reunida*. *A lua vem da Ásia* e *A chuva imóvel* foram traduzidos para o francês.

Colaborou com *O Pasquim* (1972), do qual saíram os textos que compõem a coletânea *Cartas de viagem e outras crônicas* (2006), da coleção Sabor Literário.

A 10 de abril de 1998, Campos de Carvalho faleceu em São Paulo.

Sua obra tem despertado cada vez mais interesse dos leitores, é tema de teses, seus personagens criam vida nos palcos, onde o público pode sentir toda a irreverência e o humor refinado de Campos de Carvalho.

Voici le temps des assassins.

RIMBAUD

PRIMEIRA PARTE

O CENTAURO A CAVALO

Foi então que me vi numa gare extremamente vazia. Tão vazia que nem a minha sombra se refletia nela. Alguém, uma voz, me sussurrou ao ouvido: CAFARNAUM.

Quando o trem desapareceu sob o túnel, senti de súbito que estava perdido: chamei-me pelo nome para sentir minha presença, em vão busquei o último cigarro sob o paletó: os trilhos, apenas os trilhos por todos os lados. Não era noite nem era dia, as lâmpadas não sabiam se estavam acesas ou estavam apagadas, um portão luzia ao fundo e todas as setas se dirigiam para ele. Sentia-me tão lúcido que nem um instante me ocorreu a hipótese de estar sonhando, dormindo, ou mesmo morto: agora as minhas pernas me levavam contra a minha vontade, eu estava a cavalo sobre mim mesmo, era um centauro e o meu nome já não formava qualquer sentido: mesmo se houvesse uma parede em frente eu a transporia sem dificuldade. CAFARNAUM — dizia a tabuleta em vermelho, de repente em azul.

E então veio a praça a perder de vista, nem uma árvore, nem um poste: apenas as casas ao redor, mudas, surdas, todas iguais como refletidas num jogo de espelhos — e o céu vazio por cima. Pus-me a trotar pela praça, garbosamente como se me olhassem milhões de olhos, eu era positivamente um animal de circo: aplausos unânimes ressoaram das pedras do chão e das esquinas, meus cascos batiam palmas e o eco lhes respondia de cada interstício: toda uma multidão ululante: *E se fossem lobos?* De medo estaquei a um canto, as narinas no ar, o rabo tenso. Um frio glacial vestia o enorme silêncio, antes eu não sentira o frio nem o calor, simplesmente não sentia: puxei a aba do paletó, de novo era eu dentro de mim, os olhos me vendo como dentro de uma vitrina.

Agucei todos os ouvidos, minhas artérias rolavam em catadupas pelo cérebro e pelos intestinos, houvesse um jardim e uma flor no jardim e eu seria capaz de ouvi-la respirar: meus cabelos, de repente senti-os crescer, e as minhas unhas: de trás de todas as paredes fui aos poucos pressentindo, sentindo, o arfar opresso ou tranqüilo dos que dormiam, dos moribundos. Eu estava salvo, apesar de tudo! — e não apenas salvo como também vivo, senhor dos meus reflexos e da minha alma — e do meu nome de novo! Era soar a hora do despertar, em vão procurei a torre da igreja, e todos viriam ao meu encontro como antigamente, com outras faces mas os mesmos, uns sobre as suas muletas, outros sobre os seus músculos, André-Andréa, as mãos estendidas, a princípio suspeitosos, depois cúmplices. O fim dos tempos ainda não chegara, razão tinha a tabuleta furta-cor e também aquele desperdício de setas, todas no rumo certo e único, cuidado com o abismo à direita e à esquerda: o trem foi devorado pelo túnel porque se assustou com o insólito daquela gare, em tudo igual às outras, apenas vazia. Eu soubera trotar no momento preciso, como bom infante tratara logo de camuflar-me diante do inimigo, nenhum passo em falso, essa acuidade que só se tem diante do insondável, essa aceitação de toda e qualquer verdade, fosse qual fosse.

Agora uma árvore, e outra, e ainda essa outra. E esses postes também, como que brotados da terra ao simples toque dos meus dedos, da minha consciência. Já uma janela se abre alhures, não interessa onde; logo virá outra, e mais uma, e todas elas a um só tempo, em todas as praças do mundo onde haja alguém como eu à espera, centauro ou não, recusando-se terminantemente a continuar caminhando sobre os trilhos, um túnel à espreita na primeira curva.

De puro gozo, e sem querer, volto ao claro relincho de ainda há pouco, um cigarro milagrosamente aceso entre os dedos, espantando os primeiros pássaros da madrugada.

A verdade é que me doem os pés, as patas. — E o rabo ainda me pesa um pouco, atrás.

Isto me lembra aquela noite, verídica, em que eu fui se não o protagonista pelo menos o agonista — e, para ser sincero, a única testemunha. Embora se tenha passado comigo, acredito nela piamente.

Faz sete anos, poderia fazer sete séculos ou sete minutos: eu deitado, no pré-albor de um domingo igual a tantos, o umbigo voltado para o teto, aquele corpo morto ao lado, o mesmo de sempre. Acordo e vejo-O nitidamente à minha frente, junto à parede, de pé, fitando-me, fitando-me: reconheci-O como se reconhece alguém diante de um espelho, sem um segundo de hesitação: nenhum medo, nenhuma surpresa. Era, e é, todo negro, um verdadeiro príncipe etíope, só os olhos em brasa para identificá-LO, sem pálpebras, e sem sequer supercílios: e FITANDO-ME, agora com um quase sorriso. Durou talvez um minuto a visão, nem isso: mas ainda hoje me ofusca, me enlouquece, tira-me da minha órbita ou de qualquer órbita, como só Lázaro talvez depois que lhe arrombaram o sepulcro: dia após dia a mesma Noite sempre. E o corpo da outra, do outro, junto ao meu, sem pressentir sequer o milagre, nem lhe seria possível — a respiração tranqüila, o ar do domingo lhe inflando as narinas e os pulmões: morta, morto.

Não tiro ilações de nada: o que é é, e basta; se acreditam ou se eu mesmo acredito, não tem a mínima importância: o domingo ali estava, e eu dentro dele, e *Ele*, tudo palpável e intocável como deveriam ser todas as verdades. O fato de desaparecer como apareceu, também o pensamento faz o mesmo, e o sonho, e nem por isso são menos reais e lhes conseguimos fugir ao jugo, como puros sonâmbulos, a carteira de identidade inutilmente no bolso: *Estados Unidos do...*: nem tão unidos assim, nada, ninguém. Uns olhos assim têm que ter sua razão de ser, minha mãe nunca me olhou assim, nem meu pior inimigo, nem e muito menos um moribundo — meu pai por exemplo; — um gato talvez, talvez um tigre, em certa hora única, um combate aéreo no escuro, ou simples fogos de artifício, as pupilas acuadas e apocalípticas, as presas de repente enormes — e, de repente, o salto.

Vivo e salvo: como se bastasse!

Uma simples praça é este transtorno, praça de guerra é o que são todas elas, com *Ele* ou sem *Ele*, os esgotos correndo lá embaixo, e os mortos ainda mais embaixo, que mortos não interessa, nem que sejam dinossauros ou os primeiros trogloditas. Esta tranqüilidade ainda é pior do que a outra, ali pelo menos ainda havia as setas, em que direção pouco importa, montei-me numa delas, depois montei-me em mim mesmo — quando vi estava até bailando, com relincho e tudo. De que me valem essas árvores e essas janelas, e esta sombra sobretudo, se a cada passo me assalta esta certeza, esta incerteza, apesar de toda a experiência ou por isso mesmo? Cafarnaum ou não, o que sou é isto e apenas isto, no deserto ou no oceano seria o mesmo, o mesmo num anfiteatro repleto ou no cemitério. Ninguém me tira desta condição incômoda de visita, mesmo se de conviva não faz diferença, a mansão é de todos e não é de nenhum, espreitam-nos dia e noite através das frestas: o que isto é mesmo é um castelo mal-assombrado.

Não sei sequer se desci do trem ou se já estava para receber alguém, não sei de nada e morro sem saber: um sonâmbulo faria o mesmo mas não teria este raciocínio frio assim de pé, sobre dois pés ou sobre quatro: um autômato muito menos. Já me apalpei e sei que tenho entranhas e não parafusos, nem acredito que a cibernética já tenha chegado a este ponto, com pai e mãe e tudo para despistar, e este pavor sobretudo que só pode vir de mil gerações de mortos: nego-me terminantemente a ser um robô, com este umbigo e, agora, estas lágrimas. Posso ser um estrangeiro, isto não discuto, um estranho — mas se necessário vomitarei até o estômago para provar que sou humano, ou quase, tanto quanto se pode ser nestes dias trágicos. Nem me vejo tão diferente assim nestas águas, nem os peixes se mostram tão assustados com a minha aparição: sou eu mesmo tal como me conheço e desconheço, com as minhas memórias todas, até datas se for preciso. E ainda esta temperatura que é bem minha, 36 graus no mínimo, mesmo à sombra — e este pulso que não me deixa mentir.

A verdade é que algo se passa, não dentro mas fora de mim, em Cafarnaum e fora dos seus limites, desde ontem e desde sempre, como se as coisas se precipitassem rumo a um desconhecido, a um caos, as setas e as tabuletas tudo de cambulhada, e o governo no meio, e Deus no meio com as suas piruetas, como dizem ter sido quando ainda não era. Bater na porta da igreja seria ridículo, na de um hospício ainda mais ridículo: quando atinarem com o fato se mostrarão ainda mais desarvorados do que eu, mesmo nus virão para a rua aos gritos, e as mulheres darão à luz antes do tempo, e mesmo os homens se sentirão grávidos e se porão a estrebuchar, de cócoras. Esta calmaria a mim não me engana, é possível até que seja um domingo como foi o outro, os sinos prontos a dobrar festivos, o sol sem nenhum eclipse, o prefeito com o seu terno branco, os cachorros da véspera, as rosas se abrindo nos canteiros, André, Andréa, os meninos e os velhos, os velhos e os meninos, o trem das 10h20min —; o que sei é que atrás de tudo isso estará o imprevisto, o não-previsto, apesar de anunciado cada dia nos jornais e no rádio, e na tela dos cinemas, e sobretudo dentro de cada um. Pode ainda não ser hoje, meu faro talvez seja o mais sensível, em verdade estou respirando por todos os poros e isto é um mal: mas até um cego, ele mais do que ninguém, pode testemunhar comigo esta iminência de uma hora que não prevê nenhum relógio — de sol ou de pulso, clepsidra ou ampulheta. — Se não, não me doeria tanto a raiz dos cabelos, e não apenas dos de cima.

ATOMS AT WORK... E eu neste cuidado de não pisar nos mortos!

Já passei por não sei quantos pavilhões iguais a este, nascem como cogumelos por toda parte, qualquer dia ainda acordo com um deles dentro do quarto: que quererão explicar afinal de contas? Isto é Tróia ou é Cafarnaum? — essa gente não tem sequer imaginação, os alemães pelo menos punham música à entrada das câmaras de gás, não deixavam por menos. Aqui ainda cobram a entrada, ainda acabarão cobrando, crianças de calças curtas tanto, débeis mentais outro tanto: é o progresso. Quero é ver se mostram tudo mesmo, já que são cogumelos que se mostrem como cogumelos, mágica feita pela metade não tem graça nenhuma: ou então devolvam o ingresso! Assim fechado, até parece um circo como os que se armavam antigamente, com domadores iguais a esses, domavam até que as feras descobrissem que eram feras: só se espantavam os espantalhos, esses falsos crucificados. *ATOMS AT WORK* —: enquanto isso nos deixam em paz, nem que seja esta paz de cemitério ou, pior, de velório, cada um velando a si mesmo sobre a mesa, sobre o chão, até que resolvam vir buscar o cadáver: para espalhá-lo na ionosfera como manda a higiene.

PASSAR A LINHA — isto é que é o mais difícil. As fronteiras deles só existem no mapa, é tudo uma linha só, o horizonte sempre em frente, e atrás, e por todos os lados — não adianta descer do trem nem pegá-lo, nem de foguete espacial chegaria a dois metros de onde estou: estaria apenas dando cambalhotas. Tentarei assim mesmo, não para fora mas para dentro, o espaço apenas para virar-me do avesso, como se faz quando se dorme, quando durmo. Visita ou não, conviva ou estrangeiro, vou fazer-me difícil para que ao menos se assustem como me assusto, como ainda fiz ainda há pouco, montado sobre os meus pés.

Nem me desfiz de Deus para cair nas mãos desses pândegos, assim sem mais nem menos, como uma coisa inerme e inerte: embora o seja, embora o seja. Mas só eu sei do meu vazio, e isto me dá uma vantagem de pelo menos quatro séculos sobre qualquer tipo de tortura deles: mesmo esta.

Que nos espreitam não há dúvida: lá estão seus miradores! Quando não o fossem, da própria Lua, de Vênus, de Marte nos espreitariam.

Tramam alguma coisa, sempre tramaram: para isso vivem, vivem em razão disso. E eu com os meus dois pés, sem asas, igual a todos: nesta expectativa talvez de nada, pode demorar cem anos essa invasão, talvez uma hora, a eternidade talvez. Esta posição de pé é que me cansa, mesmo sentado estou de pé, mesmo deitado: as suas cadeiras são um escárnio, são um escárnio as suas camas, e mesmo as suas sepulturas não oferecem nenhum repouso: a todo instante podem soar as trombetas, ou já agora os saxofones, e os próprios mortos terão que vir à tona com as suas roupas e o sexo de antigamente: ou estarão todos nus, como eu e todos?

De uma forma ou de outra não escaparei a este pânico, eles sabem que a véspera ainda é pior do que o dia, fazem-se anunciar de mil modos diferentes, até dentro de mim já os pressinto, sou o arauto deles e a sua vítima: TODOS: os que sabem e os que não sabem. Até os que passam por sábios já o sabem, já não se mostram tão seguros e tremem nas suas cátedras, ou são elas que tremem sob eles. Desconfio que até Deus já desconfie de alguma coisa, o Deus deles, com suas máscaras chinesas ou sevilhanas: acabarão acabando com o seu Deus nesse Apocalipse às avessas, o feitiço enfim voltado contra o feiticeiro, o ventríloquo desventrado: *ATOMS AT WORK.*

Este paredão nunca esteve aqui, ou então fui eu que diminuí; um dos dois está errado. Antes podia transpô-lo, via-se o jardim do outro lado, o tanque com o seu repuxo, o anjo ou a ninfa de mármore: nenhum mistério no seu mistério. Agora podem fuzilar-me de encontro a ele, é só voltar-se de frente e me fuzilam, já tenho até as mãos atadas às costas: estou na minha rua e não estou, este quarteirão parece não ter fim. *Depressa!*

Gritar seria inútil, é noite apesar desta luz toda e os que passam ainda vão mais apavorados do que eu. Minha casa está a poucos metros, a poucos quilômetros, não fossem minhas pernas tão curtas e eu poderia alcançá-la em dois saltos, três. Cafarnaum ou não, esta é a minha rua, meus pés a conhecem ainda melhor do que eu, não há uma só razão para que eu não confie neles nem me resta nenhuma alternativa: DEPRESSA! DEPRESSA! Parece mais o muro de uma fábrica, de um cemitério é que não é, nem havia aqui nenhum cemitério até ontem, até o ano passado. E por que irão fuzilar-me assim discricionariamente, sem um julgamento sem uma palavra, como se exercitassem o tiro ao alvo ou por simples desfastio? — apesar de toda a culpa que tenho e sei que tenho, como todos têm a sua a qualquer hora do dia ou da noite!

Esta é a minha porta, apesar de assim imensa: a maçaneta mal me cabe na mão, e mal a alcanço na ponta dos pés: mas não resta dúvida de que estou em casa, e isto é o que importa. Desta vez estou salvo, SALVO — e não tenho sequer o direito de olhar para trás!

E que faria eu com uma bússola? Em que me interessa saber onde fica o Norte, onde fica o Sul? (O *sistema solar*: mas que bela teoria! Quero vê-lo é funcionando!)

Mesmo o passado se faz às vezes tão presente que já nem sei se fui ou se sou, tenho que buscar o espelho para encontrar o momento exato e, nele, a minha face: se tenho mesmo esta barba ou se a uso apenas como disfarce, como fazia em criança ou como faz a criança dentro de mim. Na praça, na estação — ontem? hoje? — ora eu me via descendo do trem e cavalgando-me, ora tudo se passava como se eu estivesse assistindo a um filme antigo — embora tudo lúcido como ainda agora, como sempre, como deve sentir-se um palimpsesto quando se sente.

De qualquer forma tenho que dar meu testemunho, para isso aqui estou, assim fui feito: inútil fugir de mim — dos outros! Fugi do ventre e não adiantou de nada, andei como um sonâmbulo por terras e mares estranhos, acabei caindo nesta ilha, neste quarto, com esta luz ofuscando-me nesta escuridão: sou eu a lâmpada, não consigo apagar-me: o vaga-lume depois de morto continua aceso — também as estrelas. A isto eu chamava de insônia, mas mesmo dormindo eu continuava insone, em verdade não me lembro de ter dormido em toda a minha vida: meus pés sim, e minhas pernas: eu, nunca! Agora estou acuado, todos estes refletores em cima, já não adianta meter-me debaixo da cama para fugir de mim, voltar-me contra a parede como fazia em criança — ainda hoje. Ou entro logo num hospício e digo que não sou eu, como sei de muitos que se acovardaram no instante decisivo e se submeteram a lavagens do cérebro e dos intestinos, e se entregaram de mãos atadas aos seus algozes, o riso alvar na cabeça enfim oca. Mas esses não tinham uma alma, eram apenas filhos ou irmãos dos outros, seu desespero nada tinha a ver com este desespero, podiam dar-se ao luxo de aprender tudo de novo — como se acabassem de sair da vulva, a cartilha debaixo do braço.

O que pensem, o que eu pense, já não interessa: só importa o testemunho. Mesmo que eu não compreenda, outros compreenderão por mim: como aquela noite em que acordei na rua e achei extraordinária minha presença no vento, sem sequer os óculos para enxergar-me. Poderia ter gritado, acordado o mundo, que já não faria o mesmo efeito que fiz com a minha só presença, sem uma palavra sem um gesto inútil: andando simplesmente como se anda, olhando como se olha, sem cuidar de esquinas ou obeliscos, como um rio subterrâneo, todo lava e chamas. Pena que eu não fosse sempre assim, e voltasse sempre ao estado de vigília, de vigilância, mais preocupado em conjugar os verbos do que em descobrir minha própria voz, sobretudo calado. O filho do coletor, mais coerente do que eu, ainda hoje mede a cidade com o seu passo todas as noites, indiferente à geografia ou à astrofísica — sem que nem todos os exércitos da terra já consigam detê-lo, nem mesmo sua mãe que há muito renunciou a guardá-lo no útero, como faz minha mãe e como fazem todas.

Como fazia a minha até hoje, até este instante: posso ouvi-la ressonar atrás desta parede e deste umbigo — e meu pai na sua sepultura — e todos os pais através deles, desde o início dos tempos até o fim dos tempos. Depois do que sei e que eles se negam a saber, tenho que enfrentá-los sem piedade como a mim mesmo me enfrento, como enfrentei a Deus sem esperar pelo seu Dia do Juízo — como enfrentarei sem medo os que a esta hora estão tramando a última cartada, ou a penúltima se ainda restarem sobreviventes. Também meus irmãos, daqui ou da China, terão que me ouvir como a mim mesmo me ouço, e não com essa voz de ventríloquo com que me ouviam e se ouviam, mais preocupados com os pronomes oblíquos do que com a verdade, o pavor de caírem no ridículo e não simplesmente no abismo. Se me tomam por louco eu os tomo por loucos, se por idiota por idiotas, se por sonâmbulo por sonâmbulos: de qualquer forma a fraternidade universal, a verdadeira, cada um sem a sua alma e sem nenhuma, nada de pseudogêmeos ou de xifópagos: a morte individual, e também a vida.

A mim não me interessa saber se tenho ou vinte ou cinqüenta anos — mesmo que me ponha a vagir aceitarei meu vagido, e darei meu testemunho com ele. Se a mulher pode sentir o feto revolver-se dentro dela, por que não o poderei eu? — e com muito maior júbilo porque fruto da partenogênese, sem outro esforço que não o meu, esse sim filho das minhas entranhas tanto quanto eu mesmo. Não mais consentirei que o neto e o avô se digladiem dentro de mim, tanto tem sua razão um como tem o outro, deixo as contradições para os que não tenham nada mais sério em que pensar, e pensam o seu dia de 24 horas e a sua hora de sessenta minutos, nem um segundo mais. A lógica dos lógicos não me interessa, o seu ontem e o seu hoje só me causam náuseas, seu relógio de cuco (mesmo de bolso) não me desperta qualquer curiosidade: também tenho o meu cuco entre as pernas e nem por isso ando a consultá-lo como a uma pitonisa. Não sou o que sou neste instante, mas um só desde que nasci: múltiplo, múltiplo, múltiplo. Cada fio do meu cabelo é uma verdade diferente, e todos me pertencem: respiro por todos os poros, cada um por sua vez, e só assim não morro de asfixia. O que pode pensar um lógico através dos seus poros é que eu não sei.

Gostaria de ver entrar pela janela, agora, meu irmão de bicicleta, os pés cheios de lama, as asas abertas — aquele queixo sem malícia, os olhos eternamente azuis. *Vamos conversar tudo de novo, a outra vez não valeu. O fato de estar morto só o faz ainda mais vivo, morto estava eu e não sabia, morto e putrefato: todos os da casa. Não é todo dia que se respira assim, na verdade eu respirava pelo nariz e pela boca, nem ao menos pelo ouvido ou pelo ânus: e me julgava um deus, como todos, e era mesmo um pobre deus, nada mais do que isso. Puxe essa cadeira.*

Mas se nem eu já me sento, que dizer dos mortos? — positivamente que eu deliro, ESTAMOS delirando. Esta respiração não pode ser só minha, é a de todos os que fui e sou desde que nasci: mal ouço a chuva que começa a cair lá fora, a desabar sobre minha cabeça como sobre um teto de zinco: sinto-a nos nervos mais do que no ouvido, encharca-me todos os ossos: e continuo a resfolegar como uma locomotiva. Acabarei abrindo o guarda-chuva, o escuro no escuro, até as luzes se apagaram de repente, as minhas luzes: é sempre assim quando há um dilúvio, torno-me como um inseto na sarjeta, de roldão levam-me aos trancos e barrancos pela rua, por todas as ruas. Se houvesse a bicicleta do irmão talvez ainda pudesse montar nela, eu não sei bem mas talvez — de qualquer forma o tentaria para não ficar à mercê destas águas, súbito assim desencadeadas. Em vão sopro como o simum, já não sou uma locomotiva mas um navio perdido no mar, todos os faróis apagados.

Não precisava chover tanto assim de repente, é uma injúria aos mortos tanto quanto aos vivos, sinto-me como um morto que recebesse seu batismo de tempestade na primeira noite: este caixão de nada me adianta, acabará vogando ao léu por entre os relâmpagos, eu dentro dele ou em cima dele.

Então foi por isso que me senti perdido nestas últimas horas, todo o peso da estratosfera sobre os ombros, sem a sombra ao menos para me fazer companhia, o chão junto ao nariz como se eu fora um réptil — e o paredão infinito arrastando-me até aqui, a respiração opressa dos moribundos, dos que temem deixar de respirar para sempre, por esquecimento ou de simples pavor! Ainda me vejo de cabelos compridos, com este mesmo pavor de agora, no colo de minha mãe, era num domingo, os trovões rondando a casa, o quarto até poderia ser este, os trovões e os relâmpagos, havia morrido um menino na véspera, o cheiro do menino de repente no ar, minha mãe em vão tentando dizer as coisas, o cheiro da terra misturado com o do menino, de novo os trovões, eu sozinho no colo quente e quase no útero de minha mãe, o pranto escorrendo-me pelo nariz, o gosto amargo do pranto na boca, e aquela sensação de vazio por dentro, apenas o pânico, exatamente esse pânico despropositado e o mais fundo de todos. Desde então, e por mais que eu me explique com mil razões científicas ou morais, e ria-me na minha cara com a minha própria cara, mais ainda do que os outros — sempre que desabam as nuvens sobre a miséria deste corpo, e antes mesmo que desabem, como ainda agora neste apocalipse, eu me transformo ou me transformam num feixe de nervos que nada tem a ver comigo, ou que então sou eu na minha última quinta-essência, o sumo do sumo, o âmago do âmago, como fazem com o átomo em seu calmo sono referto de pesadelos. *ATOMS AT WORK.*

Não me lembro de ter estado por detrás das grades: isto me preocupa. Não se é impunemente igual a todos, já basta o nariz, a boca, até os gestos, o dicionário igual, a gravata e os sapatos, as pálpebras subindo descendo, a postura no evacuar — e as fezes, sobretudo as fezes. Se não me enjaularam é porque sou mesmo inofensivo, não há como fugir a isso, senão já me teriam virado de cabeça para baixo, do avesso, as algemas nos pulsos, nunca sem as algemas, a cabeça raspada e a proibição de usar bigodes — nunca pude compreender bem essa proibição, talvez porque se descabelem os infelizes. Nem eu estaria aqui respirando sob esta chuva, ou dentro dela, agora sou um batráquio e sinto-me mais à vontade, os relâmpagos continuam mas já não se ouvem os trovões, também a quase visita do irmão deve ter ajudado um pouco, pela primeira vez o pavor não me deixa tão apavorado — pelo menos ainda respiro com as minhas brânquias: UM — dois, UM — dois, UM...

Mas a ausência das grades deixa-me perplexo — agora um trovão! — há qualquer coisa que escapa até mesmo à antilógica, não sou nenhum assassino mas poderia ser a qualquer momento, e sobretudo um assassino de idéias que é o que mais os preocupa e tira-lhes o sono: esta minha liberdade é pior do que a pior das prisões, em momento nenhum lhes causei pânico e eles não têm tentado outra coisa desde que o mundo é mundo. É possível até que me julguem um cidadão respeitável, o que de si já me tiraria todo e qualquer respeito, e me mandem amanhã um meirinho cobrar o imposto disso ou daquilo, se é que já não me mandaram — e me obriguem de novo a tirar as impressões digitais, batráquio ou não, centauro ou simples cavalgadura, como se faz com o último dos canalhas. Tenho que tomar providências para que não pairem dúvidas — não sei para que tanto relâmpago, eu não necessito deles, ninguém necessita, se preciso interpelarei minha mãe, os parentes, para que me expliquem o inexplicável, deve haver um equívoco em tudo isso, é preciso que me encarcerem para que eu possa encontrar minha liberdade. Nem mesmo na família não me lembro de ninguém preso ou sequer detido para averiguações, os retratos do álbum poderiam ter sido posados por uma única e imutável criatura, até o umbigo é o mesmo, como um selo da República. Só não me levanto porque já estou de pé, minha indignação é tanta que até as luzes já se acenderam de novo, de batráquio voltei a navio e logo serei locomotiva outra vez: não me interessa que caiam todos os raios sobre mim, se realmente sou o que eles pensam e não existe um só motivo para que me algemem ou me ponham grilhetas nos pés. Posso ser covarde mas não à maneira deles, meu pânico é realmente pânico e escolho meus inimigos a dedo, tremo como também faço-os tremer no devido tempo, têm que ter no mínimo a força do raio ou a do mistério — senão não valeria a pena ser homem; a todo outro pavor sou refratário como a salamandra ao fogo, e não por bravata mas por imposição da minha natureza, como respiro e destilo meus humores sem que isso me custe o menor esforço. E seria mesmo cômico se me pusesse de cócoras diante do primeiro espantalho que surgisse pela frente, vestido de contra-almirante ou de deus, brandindo a sua espada ou o seu crucifixo como qualquer feiticeiro de subúrbio. Seus canhões até as crianças brincam com eles, e seus tacapes — e, se porventura me matam, não vejo nisso maior façanha do que a que realiza qualquer micróbio, que também mata do mesmo jeito. — A chuva é porque é a chuva, não sou planta nem defunto para ter que suportá-la ano após ano, dia após dia, e a mesma sempre: muito menos um dilúvio destes, sem nenhuma Armênia à vista.

Como roncam os que têm a consciência tranqüila! — até parece uma casa de marimbondos. Às vezes desperto com eles e ponho-me a fazer conjecturas: este é o avô, embora já esteja morto e muito bem enterrado, este é Andréa com seu belo par de seios, pena que seja minha irmã; este é o da minha mãe fora de qualquer dúvida, este o da nova empregada embora não durma em casa — este o vento, que também tem direito a roncar como qualquer criatura... Às vezes ouço o meu próprio ronco mas é muito raro, geralmente quando chego bêbado e já não penso em nada — ou então é a minha barriga que ronca, ou alguém dentro dela, ou nos meus testículos, meus filhos e meus netos: os degenerados! Dormir a esse ponto, sem ao menos um olho à espreita, como se o teto ou o céu não pudesse desabar a qualquer instante, e não houvesse em toda a extensão da terra uma só vítima do câncer ou da injustiça, um só faminto ou um único suicida, nenhuma fábrica de canhões ou nenhuma cadeira elétrica — convenhamos que é ter mesmo vocação para defunto e nem ter vindo ao mundo para outra coisa, por mais que a Constituição diga o contrário, e o rádio, e a vitrola, e a bula do papa e a dos remédios — e sobretudo cada um a si mesmo diante do espelho, vestido para o domingo.

O ronco: só o admito assim acordado, a todo vapor, como a bicicleta do irmão mesmo depois de ele morto, rodando pela casa e pela rua sem sair do lugar: em cada porta e em cada esquina a trombeta de Jericó. Venha assistir comigo, Andréa, ao fracasso das águas após o seu fracasso, as pedras luzindo como se fossem preciosas, as árvores cintilando noturnas muito mais do que ao sol, as casas mal refeitas do susto e ostentando a sua face verdadeira, o chafariz subitamente mágico — os revérberos com seus revérberos: agarre-se ao meu ventre para não cair, tanto sou dono desta bicicleta como desta noite, tanto estou aqui como poderia estar entre as nuvens, estas asas tomei-as de empréstimo ao irmão e ele nem sabe para onde vamos. Aquele espectro é como sempre o filho do coletor, na realidade o filho de ninguém, na sua ronda soturna de norte a sul de leste a oeste, sempre entre os antípodas, ele mesmo um antípoda, tanto lhe faz caminhar sobre as águas como em terra firme — atropelá-lo seria um sacrilégio, ainda bem que lhe passamos entre as pernas; — este deserto é a verdadeira imagem da cidade, é preciso pedalar assim de noite para conhecê-la melhor, de dia as coisas não são o que são e nem sequer somos o que somos, parece que estamos descendo num planeta desconhecido e no entanto ali mora o bispo com todos os seus intestinos, mais adiante a agência funerária com as luzes bem acesas para o que der e vier; — este o jardim onde brincávamos crianças, ainda são as mesmas árvores, as flores ainda são as mesmas: ali estamos os dois, você com as suas tranças, eu com os meus furúnculos — vulcões era o que eram — e nem sequer suspeitamos o tempo na torre, bem sobre as nossas cabeças, marcando cada minuto e roubando-nos para sempre; — este o lago onde nos olhávamos gêmeos, o mesmo rosto tão diverso, dia após dia mais distantes, cada um com a sua morte certa e incerta, os outros parando para dizer-nos mimos, André-Andréa como se fosse uma criatura só, e o útero da mãe dizendo sim do banco, nenhum mistério em tanto mistério: gêmeos são gêmeos, nada mais do que isso! — Agora são tetos e ruas, ruas e tetos: aproveitemos para sonhar.

... O dono da bicicleta já a reclama, nem isto são horas para se estar assim assustando os habitantes, é tudo um ronco só subindo de todas essas chaminés: até o filho do coletor há de estar roncando entre um passo e outro, sobretudo agora no meio dessa ladeira, a caminho da lua. Um irmão morto já não é irmão nem de si mesmo, sem a bicicleta as suas asas já nem são asas, e a verdade é que lhe tirei a máquina sem ao menos lhe pedir emprestado: temos que voltar depressa, Andréa, cada um para o seu quarto: você para junto do marido, aquele onagro, eu para dentro da minha carcaça, a esta hora já em vias de putrefação.

— Um beijo: um único!

Vomitei um pouco de latim e já me sinto melhor. Saiu-me em forma de um grito: Aristeu voltou-se em sobressalto, a cabeça do chefe apontou na porta de vidro — até as paredes se puseram lívidas. Ainda bem que Diomira estava no lavatório.

Necessito urgentemente de umas férias, definitivas como as que toma um morto: ou gostaria ao menos que me enterrassem por uns tempos, como aquele faquir que bateu o recorde de jejum dentro de um esquife: apenas um tubo de borracha para, entre um tédio e outro, mandar o mundo à. Também a hibernação artificial, numa câmara frigorífica, me servia e sobretudo se me esquecessem lá dentro, para só despertar daqui a cem ou duzentos anos, com as novidades todas para contar e não ouvir. Ainda vou escrever a uma sociedade científica oferecendo-me em holocausto, os russos sei que adoram esses tipos de experiência, se necessário me naturalizo russo, aprendo o russo para depois calar-me o tempo todo.

Assim como está é que não é possível: hoje foi o latim como poderia ter sido o grego ou o sânscrito, amanhã será a trigonometria ou a guerra do Peloponeso, o Manual de

Civilidade ou a Bíblia: e o pior é que não me levam a sério e ainda me repreendem. Estas folhas de papel em branco, a obrigação de datá-las em cima e à direita, *Prezado senhor*, e isso e mais aquilo, e as vírgulas todas no lugar, os dedos batendo um *allegro* de Mozart e as palavras brotando indecorosas do outro lado: não há fígado que resista e muito menos útero — e ainda menos um útero que nem sequer sai nas radiografias, assim delicado e ubíquo, cada dia grávido de uma coisa e de tantos mistérios: a maldição de ter nascido André e Andréa, num tempo só e girando na mesma órbita!

Penso que me prepararam para o Paraíso e não para este mundo — e a farsa, pelo visto, continua. Nunca senti necessidade de dizer *sine qua non* a ninguém, e muito menos *sine die*: e não faço outra coisa o dia inteiro, os dedos amestrados, Mozart espiando por entre as teclas sem compreender, *Prezado senhor, Respeitosas saudações*, o relógio rindo-se com todos os dentes, até o tempo tem aqui sua marca registrada, ambos trabalhando com um nome falso e ainda vigiados pelos outros: se nos puséssemos a soar a hora final, não o meio-dia mas o dia, as molas e as vísceras funcionando como uma bomba-relógio, tique-taque-tique: — vão esperando sentados, aquela porta já não lhes servirá para nada, também ela irá pelos ares à procura de uma porta, Diomira ainda com as vestes arregaçadas, Aristeu fazendo a ponta no lápis, o senhor diretor com o dedo no nariz. E dizer que chamam a isto empregar o tempo, só se for o tempo do relógio, o que vai entre o meio-dia e as seis, e de novo entre o meio-dia e as seis, e de novo entre o meio-dia e as seis — como se não existissem a casa e o quarto, e o que está debaixo do quarto, e o que está sobretudo fora do quarto por mais que esteja dentro dele!

Explicar ao chefe que foi o latim seria inútil, não se grita a não ser um grito, com o dedo no nariz ele se poria a pontificar sobre isso e aquilo, ele é mestre em issos e aquilos, nem por outro motivo é o chefe e continuará sendo, até que se resolva definitivamente o assunto. Melhor deixá-lo com o seu medo por detrás da porta, sem explicações que não explicam coisa nenhuma, muito menos num dia claro como este, com o mesmo sol de ontem e possivelmente de amanhã, a folhinha na parede para lhe garantir a eternidade: meu grito há de ter-lhe soado como um tiro de revólver ou de canhão, nem todos os charutos do mundo já lhe darão a segurança necessária, nestas próximas duas hora pelo menos. A verdade é que ele me teme muito mais do que o temo, pode ser dono dos meus dedos mas não do que está aqui dentro: nem se eu tivesse mil gavetas se arriscaria a abrir uma delas para espiar meu mecanismo, como faz com Aristeu a cada momento e com Diomira por debaixo das saias. Levanta a voz de medo como fazem todos os que têm medo, mas a verdade é que nunca me vira as costas, e mantém-me à distância para me poder ver de corpo inteiro, já que não a alma. Não fora eu o cunhado, André-Andréa, até as mesmas feições para lembrá-lo a todo instante, e o mesmo passo felino como se pisasse sobre plumas ou simplesmente não pisasse — e já me teria feito passear há muito tempo, desde o primeiro minuto, quando me recusei a bater o primeiro *ipsis-verbis* no meio da oração: *Mas que palavras são essas que não mudam nunca, de um século para outro, de uma pessoa para outra, e mesmo numa mesma pessoa dez segundos depois? Palavras mais obscenas!*

E pensar que um estafermo desses copula com a minha irmã ou comigo — é a mesma coisa — e pode até fazer-lhe ou fazer-me um filho num abrir e fechar de olhos: os olhos vidrados ainda mais vidrados, a boca espumando epiléptica, as mãos de gorila percorrendo-nos os seios e as nádegas! Um diretor do arquivo deveria morar com os ratos do arquivo e copular com eles, entre alfarrábios e outras centopéias, os mortos espiando de suas órbitas com as suas órbitas, antes do Cristo e depois do Cristo: o emblema do município entre as pernas, ou o do estado, ou o da República.

Quando se apagam as luzes é que eu me vingo espiando as estrelas, às vezes no meio de uma festa, em pleno comício, com a presença do presidente ou de sua fotografia: os tambores de repente surdos, aquele murmúrio de mar noturno, cada um querendo dizer o impossível, os fósforos acesos e as trevas, os fósforos e as trevas — as trevas e as trevas. Como são o que são assim no escuro! — às vezes nem chegam a ser, o prefeito e o poste, o poste e o prefeito, os cachorros latindo à lua, a voz do delegado vinda de além-túmulo, ninguém já se entende e sobretudo não se entende, teme-se pisar num buraco ou no vazio, são tão opacos que nem as estrelas já os alumiam: por um breve instante dão-se conta de que estão perdidos. Só o filho do coletor, em alguma parte, continua impávido e impassível, com a sua luz fosforescente no meio da testa, um passo à frente mesmo que haja esquinas ou oceanos, para isso tem suas asas e sabe que as tem, pouco lhe importa que lhe neguem o alvará da prefeitura ou o do universo: — tal como eu que lhe sigo as pegadas de longe, ainda trôpego mas fiel, mesmo parado e sem mover um dedo, ao lado do palanque mas por cima dele, com esta gargalhada que de tão grande só eu a ouço. — Enquanto isso, nenhum deles se lembra de olhar as estrelas para distrair-se ou ver se se reconhece numa delas, afinal tudo é possível ou pode tornar-se possível por um instante, depende da coragem ou da vontade, mas não dessas que trazem no fundo do bolso para as ocasiões mais sem importância, como a guerra por exemplo ou a paz: — preferem, porém, ficar nesta expectativa do que é mais certo e mais seguro, não tão certo nem tão seguro quanto lhes parece, mas isto é um problema deles não é meu, se as luzes foram feitas para ser acesas é bem possível que se acendam novamente, a experiência assim ensina e eles vivem da experiência: o Apocalipse não lhes diz nada, embora esteja na sua própria Bíblia e de modo a não admitir dúvidas, mas isso eles não sabem e deixam que só as crianças o aprendam, para depois esquecerem como eles e tudo começar de novo outra vez. Mugem, mugem, mugem, e enquanto estão mugindo não há perigo nenhum à vista: o pior será quando já não puderem mugir, as trevas por dentro e não apenas por fora. Assim pensam: pois que pensem.

Este ofício eu não bato, quem quiser saber de Cícero que o procure no cemitério, como também Xenofonte, o da *Anabase*, se isso é coisa que se apresente: como tudo isto veio parar aqui é que eu não sei, até parece que virei arquivista das catacumbas, até já cheiro a ossos da cabeça aos pés, meu esqueleto ainda acaba em cima e eu por baixo, ou isto é um arquivo público ou bem um museu de cera, já estou cansado de fazer falar aos mortos como um ventríloquo, enfiar-lhes o dedo no rabo como se faz às galinhas: ovo por ovo ainda prefiro os meus, que são de antevéspera.

Diomira ainda acaba virando fóssil com todos aqueles seios, tirando-se-lhe os óculos até que é bem apetecível, o cafajeste há de fazê-la tirar os óculos no instante mais decisivo, ou então conserva-os diante do nariz para tornar a coisa meio sibilina, e até mesmo o charuto aceso, o crápula: o homem é todo cheio de truques, tem tempo para pensar nessas miudezas que fazem o encanto da vida, ele pensa, e que lhe acendem vez por outra um estranho brilho nos olhos de vidro, o sátiro: nem por outro motivo, talvez, Andréa tenha sucumbido aos seus encantos, e a viuvez de Diomira, e quantas outras lhe cruzem o caminho — que nisso as mulheres são de uma acuidade espantosa. Mas este cheiro de mofo os matará a todos, e até a última geração, se não fugirem a tempo — como já matou Aristeu às voltas com as suas fichas, cada dia cheirando mais forte por mais que se finja de vivo, o espectro de Lopez e os dos heróis da Guerra do Paraguai devorando-lhe as tripas, palmo a palmo, polegada a polegada, como um câncer. Se não me dão férias eu acabo tão morto e arquivado quanto eles todos, ainda mais agora que o tato e o olfato se tornaram uma coisa só na minha superfície, e a cada instante surge uma antena nova em um de meus poros e nas papilas da minha língua: motivo, de resto, para não mais sorrir ou falar enquanto estiver aqui dentro, com eles e sobretudo com os outros. Seria o mesmo que tentar respirar numa vala comum, só eu o vivo ou o morto-vivo, ombro a ombro com os miasmas de Abraham Lincoln ou de Adolf Hitler, tudo uma coisa só e perfeitamente igual para os abutres que nos rondam e sobrevoam: não me arrisco sequer a experimentá-lo. Quando assino o ponto tenho o cuidado de deixar o nariz no relógio do ponto, como deixo o guarda-chuva nos dias de chuva e a flor da lapela nos dias em que me sinto lírico ou simplesmente idiota: nem o *Ciclone B* dos nazistas teria este poder deletério que têm estes calhamaços neste armários, e sobretudo nesses porões habitados de ratos e de manes ilustríssimos, cada um mais fétido do que o outro. Só de pensar já me vem esta vertigem, misturada com este asco de milênios, não meu apenas mas deles próprios, os putrefatos!

Lá fora, mais do que aqui, espreitam-nos por detrás das nuvens, eu sei disso, e ninguém mais do que eu o sabe: mas o ar ainda é azul apesar de empestado, e há sempre um sol para fazer de conta, e há sobretudo um vento que nos sussurra coisas ao ouvido, e até a voz de outros planetas se a sabemos ouvir, ou de outros mundos. Fechando os olhos podemos até sentir-nos felizes ou menos infelizes, nem que seja por um instante apenas, como nos faziam fazer em criança no quarto escuro e sem janelas ou portas — e como fazem ao próprio morto para que não se espante com a sua solidão, e só se espante aos poucos quando as pálpebras se forem abrindo lenta e lentamente.

Por hoje basta, e para sempre! Só de decidir já me nasce esta flor na lapela, do tamanho de um jardim, e os meus pés já nem pisam mais o chão, nesta espécie de levitação que absolutamente não me assusta. Assusta-me é essa máquina com os dentes todos à mostra, negra e álgida como se nunca me houvesse pertencido, embora os meus dedos ainda ali estejam, longe de mim, sobre o til e o ponto-de-interrogação — parágrafo, ponto-e-vírgula, espaço, o Dia do Fico e o do Não Fico, NÃO FICO PORQUE NÃO FICO, tudo em maiúsculo, Senhor Diretor, Respeitosas Saudações, valho-me deste ou desta, e etcétera e etcétera e etcétera.

Os meus respeitos, ex-Aristeu!

À meia-noite viro lobisomem; a solução então seria não sair do quarto, se possível nem de mim: mas isso não é uma solução. Ficar uivando e raciocinando ao mesmo tempo, as garras sobre a testa, o focinho afilado junto ao peito — falta-me a paciência e sobretudo a vocação, o que sou mesmo é um homem e voltarei a ser: questão apenas de tempo e confiança, antes de mim já houve o dilúvio e eu aqui estou, a licantropia não me assusta mais do que o meu estado de gêmeo, tanto sou eu assim como dentro de Andréa, os dois em um ou em nenhum.

O que não posso é estar explicando a fulano e a beltrano, se desconfiarem pior para mim, e um dia desconfiam; enquanto isso apenas fumo e desfumo, este ar inocente que Deus me deu, e sou mesmo inocente. Hugo recorda a sua infância, a nossa infância diz ele, mas eu não me lembro de nada, nem me lembro de Marcelo que também se lembra, aqui estamos pela primeira vez ou pela última, de Andréa sim me lembro e de suas tranças, que eram um pouco minhas: mas uso gravata e colarinho, não posso dizer toda a verdade nem sequer toda a mentira, para isso fui batizado e vacinado, até o tipo do meu sangue eles conhecem. Depois, quando digo que nunca vi as grades por dentro eles nem sabem o que digo, também eles nunca viram e nunca se preocuparam com isso: o importante é que haja a infância e depois a adolescência, a madureza e depois a morte, tudo muito bem concatenado e sem abismos, tal como uma túnica inconsútil.

Esta espécie de diálogo ou triálogo é que é enervante, não estou num palco para estar repetindo sempre a mesma coisa, ou então estou e não sei, nem aceito este papel que não me diz respeito e nem a ninguém, estas palavras que de tão pálidas têm até sinônimos e antônimos, estes gestos gastos e este eterno jogo das sobrancelhas: o espanto, o ódio, a piedade, a dúvida, as asas abertas sobre o sonho e o pesadelo. Se eu me pusesse a tirar a gravata, depois o paletó e a camisa, depois os óculos e o resto, no meio desta gente toda, eles seriam os primeiros a indignar-se e com razão por esse meu gesto de rebeldia, embora eu não sinta frio e não me julgue nu pelo simples fato de estar despido, exatamente como um selvagem ou um rinoceronte: — onde então que temos a mesma idade e até uma infância em comum, memórias disso e daquilo, e o mesmo sexo e quase o mesmo umbigo, um hino nacional para todos: um único Deus e um só demônio?

Gostaria é de saber o que significa tudo isto, todo este barulho por nada como se já estivéssemos no Dia do Juízo: eu pelo menos não recebi nenhum aviso, ou vivo recebendo tão amiúde que já não vejo motivo para esta fraternidade súbita, todos se rindo e se falando ao mesmo tempo: e esse lustre enorme para disfarçar o pânico. É verdade que se reúnem por qualquer pretexto, um aniversário, um livro que sai, um filho que sai, até um defunto poderia haver no meio da sala que não me causaria surpresa: quando morreu o avô foi o dia mais feliz da minha vida, e eu até que queria bem ao avô, mas eram abraços, confidências, piadas velhas e novíssimas, a gente bolinando sem querer ou por querer, as filhas do vizinho querendo consolar e consolando realmente, a noite de junho e os balões no céu: só faltaram mesmo os fogos de artifício. Foi quando justamente os seios de Andréa resolveram aparecer, nem um minuto antes: aquele rebuliço todo pela casa, meus pêsames, é preciso dar de comer às crianças, foi um grande homem o coronel e que alma boa!, pela primeira vez eu não sabia o que era o sono, um acontecimento, meus pêsames, dona Arminda muito prestimosa levando-nos para a cozinha: de repente os seios estourando sob a fina blusa de Andréa — e eu pasmo! A importância que tem a morte de um avô, é o que eu sempre me digo!

Aqui as falas são outras, pelo menos ainda não dei nem recebi nenhuns pêsames, nem a cara de Hugo e a de Marcelo refletem qualquer transtorno, talvez apenas do uísque, não é à-toa que procuravam recordar até a infância dos outros, com esse copo na mão eu seria capaz de recordar até o futuro, o que aliás não é difícil: e eu também tenho um copo na mão, por esta é que eu não esperava. Esta confusão então é minha, mais do que de todos, até há pouco o lustre me parecia apenas um lustre, agora já são dois, ou um e o seu fantasma, a sua sombra digo, mas digo coisa nenhuma: *penso*, mesmo porque dizer as coisas aqui agora seria o cúmulo da temeridade. Lembro-me de que era um lobisomem, a menos que ainda não seja meia-noite no relógio deles, eu nunca uso relógio nem deixo que ele me use, mas eu dizia que era um lobisomem e me conheço o bastante para saber o que estou dizendo, era um lobisomem e tinha medo de que me descobrissem com estas garras de repente, seria difícil ter que explicar que vinha de um baile a fantasia, se é que o baile a fantasia não é aqui mesmo e estamos todos fantasiados. Isto nem é uísque, é quando muito vodca, Marcelo é quem está o mais bêbado dos três, olha-me como se me conhecesse há milênios e nem sequer ousa dizer mais uma palavra, também neste burburinho todo dizer ou não dizer é a mesma coisa, meus pêsames!, vai ver que tem mesmo um defunto e eu ainda não vi: teria graça se os meus seios se pusessem a espocar debaixo da carteira e do lenço, como aconteceu com Andréa naquela noite igual a esta: o mal do gêmeo é que nunca sabe se é mesmo ele ou se é o outro, eu pelo menos nunca aprendi direito, ainda bem que estou de calça e de gravata.

Se me dão licença! — e lá vou eu, aqui vou eu, trôpego mas sereno, com uma tranqüilidade que não é a minha, há de ser da vodca fora de qualquer dúvida: temos até um tapete debaixo dos pés, isto é muito importante, ou então estou pisando em rosas e em crisântemos, nada de seios por enquanto, o que é um sossego, posso soltar a voz que sou eu mesmo, um sorriso para a direita e para a esquerda, esta gente se contenta com um sorriso e um leve alçar das sobrancelhas, nisto eu sou um mestre, treinei anos seguidos diante do espelho. O barulho sai de todos e de nenhum, tenho a impressão de que sai é das paredes, ou então do lustre agora exatamente sobre a minha cabeça, dos lustres, a esta altura devem ser três ou quatro, se eu levantar os olhos serão capazes de cegar-me, caio fulminado no chão como por um raio daqueles: *Como vai, dr. Otávio?* — esse é mesmo o dr. Otávio. Bem respirável o ambiente apesar desta fumaça, ou pelo menos não cheira a arquivo, o merda do diretor, o pulha, se não estou de férias estou de férias, basta esta porcaria desta vodca para eu me libertar até de mim, e ainda me julgo um gênio, e ainda há quem se julgue um gênio —: quando se der o inevitável quero estar com uma garrafa de vodca na mão, dentro do bucho, quero ver como Eles se arrumam para arrumar o pânico, todos bêbados e sem lhes dar a mínima, nem Deus seria capaz de um susto diante destes heróis com o copo na mão, os olhos transidos que nem os dos mortos.

O diabo é que não posso viver dentro de uma garrafa, e nem eles, como um desses navios ou fetos engarrafados, nadando em formol e em areia, tão expostos em sua exposição quanto os que estão do lado de fora, lá fora, a dois palmos do vidro. Bebo mas não me bebo, *hic,* e o que bebo não é meu: impossível tapar a uretra e todos esses poros juntos, acabo subindo à tona como um afogado de dois dias, seja neste lago ou em qualquer Oceano Pacífico ou não pacífico: questão de horas ou de séculos, vem a dar na mesma. Adiar o instante é apenas fazer o jogo deles, *sine die* mas sempre um certo dia, uma noite certa, Prezado Senhor, Prezados Senhores, *hic,* são mais de cem mil em toda a extensão da terra, por trás de seus periscópios e microscópios, Plutão e seu plutônio, merda, os prospectores e os seus prospectos, o tique-taque do contador Geiger contando os últimos segundos, merda e merda, os uranistas e seu Urânio, os prótons e os elétrons, *hic*, os buldogues e os *bulldozers* — de novo a bomba! *O navegador italiano desembarcou no Novo Mundo e encontrou os nativos muito cordiais:* o que não impediu que ele acabasse sendo devorado por eles.

A isto chamam uma *cave* mas é uma caverna: bem que eu desconfiava que ainda éramos trogloditas, alguns confessos e outros sem sequer darem pela coisa: e eu um troglodita lobisomem, uma espécie rara. Nenhum defunto por enquanto, a menos que o sejamos todos e teimemos em continuar respirando e até bebendo, apesar deste mau cheiro ou exatamente por causa dele: o lustre é apenas para disfarçar nosso disfarce, já que não há nenhuma janela e a porta, se existe, é apenas porta de entrada e não de saída. Esta música de repente, não é nenhuma marcha fúnebre ou pelo menos seria a primeira a ser tocada assim em solo de saxofone, lânguida e ao mesmo tempo nervosa, como todos nós, ou como eu pelo menos. É um negro que a toca: não o vi mas há de ser um negro. — *Fever*: isto! — exatamente o que todos aqui estamos sentindo. No contrabaixo me ponho eu, só para mim.

Não estou bêbado coisa nenhuma, nunca estive. Às vezes me assalta é este hiato, esta espécie de mergulho no vácuo, ultimamente mais do que nunca, as coisas mais simples se tornam as mais complexas, ou nunca foram simples ou eu é que me torno complexo de repente, como se me visse num espelho deformante e todo o resto. E estas manchetes todas coladas na parede: *O Primeiro Vôo Sideral*, AINDA LITTLE ROCK, *Eichmann: Inocente?*, *O Último Poema de*

Lumumba, ESTE ANO NÃO HAVERÁ PRIMAVERA, *O Abominável Homem das Neves,* A Aldeia de Tines é Agora uma Represa, PIQUENIQUE NO CEMITÉRIO — tudo isto me lembra que também sou um contemporâneo: *de mim,* digo: deste meu corpo: desta fumaça e destes lustres: e destas vozes sobretudo por mais que se confundam e me confundam, as mesmas vozes que a esta hora estarão repetindo a mesma coisa na China ou na Dinamarca, na tela de todos os cinemas e no pátio de todas as prisões, e até nos hospitais e nos hospícios por mais que se faça silêncio. Giro que giro acabo dando em mim e não saindo de mim, presente de corpo inteiro a este presente e a esta véspera, refém e testemunha como qualquer um outro, não importa quantos passados haja dentro ou fora de mim, nem quantas cruzes tenha o meu sangue, esse meu cemitério particular.

Este passeio por esta mesma sala já o dei antes, não me lembro quando mas vou pisando as minhas próprias pegadas, até esse homem gordo com esse charuto, ele agora vai dar esta estrondosa gargalhada, de uma mesa ao fundo vem este claro nome de Eulália: o ar de repente parado, tudo imóvel como numa fotografia: ou já sonhei ou já vivi tudo isto, a mesma cena repetida por um equívoco de montagem, apenas uma fração de segundo mas nítida como um relâmpago. É que também trago um palimpsesto na planta dos pés e nas nádegas, quando ando ou me sento o que estava embaixo aparece com a sua tinta simpática, nada a ver com os intestinos nem com a alma, nem mesmo comigo: como um disco que de repente se pusesse a tocar também na outra face, a oculta, não mais ele mas ainda ele, a mesma música e não mais a mesma: e, o que é desconcertante, tudo no mais perfeito concerto, antípodas e xifópagos unidos pelos pés, *looping the looping*, um mesmo vértice e o mesmo vórtice.

Antes que seja tarde, deixe-me tomar o pulso dessa criatura: pelos olhos há de chamar-se Alice ou Doralice, nem que tenha outro nome ou lhe dêem qualquer outro: o modo por que pousa e repousa nessas letras em gótico, vindas da última mas não última guerra: PARA OITO CAVALOS OU QUARENTA PESSOAS.

Nos esgotos também corre a alma de um rio, já nem sei se isto é a cerração ou se é fumaça, estamos sós diante deste vagão atulhado de judeus, Doralice, possivelmente o mesmo trem que me trouxe a Cafarnaum, quarenta cavalos e eu era um deles: ESTE ANO NÃO HAVERÁ PRIMAVERA: nem este ano nem em nenhum outro, enquanto houver Auschwitz ou Little Rock: agora são todos negros e cada vez mais negros, entoam um *spiritual* mas em verdade rincham espavoridos, alguns ainda nem sabem que são negros, a infância não tem cor porque é colorida, veja este arco-íris: o Homem das Neves diante desta abominação será mais abominável: logo o prendem e o crucificam.

Esta gente grita para não se ouvir, se se calassem acabariam por perder a voz, acabariam uivando como eu e todas as Doralices, diante destas maravilhas não há por que ser Alice, nem é à-toa que não se vêem portas nem janelas: os exaustores os tornam ainda mais exaustos, para isso exaurem e exaurem, seus pensamentos e seus escrúpulos, o álcool é apenas para que ainda gritem, em russo e em escocês e em todas as línguas, o espírito no lugar do espírito, o navio na garrafa ao abrigo de borrascas, Hugo e Marcelo com a sua irreparável infância, essas malditas cores, até o dr. Otávio embarricado atrás dos códigos, e eu atrás dos códices: esta cortina de fumaça não encobre coisa nenhuma, nem a que está dentro o que está dentro, fumo e desfumo, a febre continua febre, no contrabaixo eu sou apenas negro e judeu: estou a caminho de Dachau e não da Via Láctea.

Mas este é ELE, e não Doralice: os mesmos olhos em brasa, sem cílios e sem supercílios, viajando comigo por este buraco na parede: ainda mais negro do que eu e tão etíope quanto eu: de repente este silêncio de domingo, e é domingo, ninguém mais na sala ou todos mortos, apenas *Ele* e eu nesta escuridão, os trilhos debaixo dos pés, os dormentes acordando em sobressalto, o resfolegar da locomotiva e dos cavalos: estamos sós e não estamos. Como não *O* reconheci logo se Ele me reconheceu? — embora não me fitasse me fitando, os olhos postos em frente — sem pálpebras! — nesse vazio, o tempo todo e toda uma eternidade. Estes alam ares de príncipe, esta serena postura ou impostura, os traços quase femininos, e os cabelos sobretudo eles, tudo isto me deixou confuso e eu já estava mesmo confuso, nem ao meu próprio pai eu reconheceria, e nem a mim mesmo assim nesta bruma, a música em surdina e aquele espanto caindo dos lustres: um andrógino fora de qualquer dúvida, de mil faces e de nenhuma, íncubo súcubo, como um ectoplasma ou uma pátina num velho muro, ao sol do meio-dia ou da meia-noite.

Entramos como clandestinos neste comboio, onde cabem quarenta cabem mais dois, ou oito mais: *para oito cavalos & quarenta pessoas:* não tiveram a idéia pois que fiquem tendo, o espaço vital o espaço letal, e ainda há o espaço dentro de cada um, podem por mais quarenta e mais oito, e ainda mais outro tanto, e mais outro, e outro, até o infinito: basta que deixem entrar os que não durmam ao simples apito do trem, inquietos na sua cama ou nos seus túmulos, os olhos assim acesos e sem pálpebras, atônitos como Ele e eu, esta noite e sempre: os insones. Esta imposição de viajar de pé não chega bem a ser uma, nunca viajamos de outro jeito, nossa agulha magnética está sempre voltada para o zênite, mesmo que nos ponham de cabeça para baixo nosso ânus dará seu testemunho, nem por outra razão temos quatro patas e não duas.

Este copo vazio é para brindar os mortos, não apenas os nossos como também os deles, todos, um estrume só e um só fermento, para cevar a terra antes de esquartejá-la e mandá-la às nuvens, de novo uma nebulosa e para sempre: *No dia em que os homens serão dispersados como borboletas, em que as montanhas voarão como flocos de lã cardada:* o começo do fim.

Agora este cheiro de enxofre: há de ser um túnel.

Acorda.

Não me interessam os símbolos, mas este zero na porta pode significar mesmo um zero, ou então um monóculo assim acintosamente à espreita, ou ainda uma vigia por onde se avista o outro lado, sem direito a espiar duas vezes. À minha mãe eu direi que se trata de uma armadilha para apanhar fantasmas, assim ela já não terá muito com que preocupar-se, embora eu possa também apanhar o fantasma do meu pai, ele como qualquer outro, ele mais do que nenhum outro: com aquele pescoço de puma, igual ao meu.

Mas o que isto é mesmo é uma porta por onde só passa um, ou quando muito um e a sua sombra, mesmo com o quarto todo fechado como agora: assim suspensa porque vai dar num jardim suspenso, nem o céu nem o inferno, apenas um jardim com seus lótus e suas papoulas, nenhum pássaro, vento nenhum. Depende apenas de mim transpô-la ou não a transpor, tornar-me ou não alado e sem memória, como se nunca houvera nascido, e ninguém antes de mim ou depois de mim. O trabalho apenas de subir a uma cadeira, enfiar a cabeça do outro, o inimigo, dentro do laço, ajeitá-lo de modo que não me machuque, chutar a cadeira e: era uma vez um desequilibrista, agora em perfeito equilíbrio.

Assim como está é que não é possível, ou me aceito ou não me aceito como sou, este saco de gatos nesta cova de serpentes, cada hora um e o seu oposto, tremendo de medo e brandindo a espada ao mesmo tempo, cheio de náusea e de piedade, por mim e por todos.

O filho do coletor já se decidiu de uma vez, encontrou sua paz entre os antípodas que o habitam, leva-os a passear como se pisasse ao mesmo tempo a Grécia e a Califórnia, e na verdade pisa onde não pisa, e está sempre alçando vôo na primeira esquina, como o Homem das Neves quando lhe tocam os calcanhares. Ele porém tem suas vísceras e eu tenho as minhas, seu silêncio lhe pertence como o do morto ao morto, o de cada noite a ela apenas e não à da véspera ou à do amanhã: inútil seguir-lhe as pegadas e o exemplo, mesmo porque não há pegadas e nenhum exemplo, cada um carrega o que tem e é por ele carregado, o espelho dos outros nos deixa na mesma perplexidade que o nosso, em vão lhes copiamos os gestos e a voz: nossos sonhos são outros.

A paz do filho do coletor não me interessa, como não me interessam os seus gritos, que ele também há de dá-los como qualquer mocho ou morcego, por mais que se faça noturno dentro da noite. Tenho que safar-me desta corda e deste laço por minhas próprias mãos, ou então valer-me deles para cumprir o rito necessário e essencial, a meio metro do chão já que não me sinto capaz de pisá-lo e continuar suportando a força da gravidade, vinda dos mortos e não do centro da terra como ensinam e pensam os graves. Esta aflição e esta angústia é que não formam nenhum sentido, noite após noite, fezes após fezes, como se o inimigo se comprazesse em baralhar as cartas do jogo a cada instante, jogo de paciência diz ele, mas de paciência sobre-humana digo eu, espécie de *puzzle* a que falta sempre uma peça para completar, ou ela não existe ou sou eu que sou mesmo míope de nascença, e até cego quando tiro os óculos para me enxergar. De qualquer forma teria que tomar uma decisão e tomei-a, comprando esta corda e dependurando-a do teto da casa, do teto do mundo, como uma aranha que de repente descesse pelo fio e me viesse impor seu ultimato, toda ela um olho só desmesuradamente aberto, uma boca sem dentes pronta a devorar-me ao primeiro gesto de renúncia, o último. Depende apenas de mim a última palavra: até a cadeira já se mostra intranqüila no seu canto, e atrás dela o cabide com seu falso ar de testemunha impassível, até de chapéu para emprestar ao ato a solenidade necessária: o patife.

Quero é ver como se safam os safados quando me virem usando a língua deles e os seus cacoetes, e sem ao menos me ruborizar: esta cor corada é a da saúde, estou vendendo saúde, decidi continuar respirando com vocês até nova ordem, até a Nova Ordem, um-dois!, um-dois!, *diga* 33: pois TRINTA E TRÊS, o laço da força me apertava demais, ainda não estava maduro para ser colhido pela polícia, e nem tão velho para despencar por conta própria, como um jenipapo e suas rugas: decidi ser imortal até que sobrevenha a morte, e com a alma e tudo, talvez até um deus eu descubra nas minhas fezes, há quem o engula aos domingos, eu bem posso evacuá-lo numa segunda-feira, cada um dá o que pode: farei a minha força.

Terei que fazer antes um curso de blablablá, como aprendi a fazer a barba todo dia desfazendo-a, a caminhar para a frente sem sair do lugar, a descobrir-me sem nunca ser descoberto, e mais os 12 signos do zodíaco, e o 12 meses do ano, os 12 apóstolos e os 12 Césares: olha à direita!, estou olhando: é proibido falar com o motorista, e se for eu o motorista? — ver Nápoles depois morrer, o Danúbio Azul, pede-se não pisar na grama, o seio de Abraão, a Terra é redonda e o papa é infalível, *eppur si muove!*, os sete pecados capitais são, todos somos iguais perante a lei, Liberdade Igualdade Fraternidade, Ivo viu a uva, clave de fá, de sol e de dó: *Átomos para a paz.* Não importa se o arquivo é uma biblioteca ou se a biblioteca foi que virou arquivo, eu fui nomeado porque tinha um nome, este nome é que me faz voltar a cabeça quando me chamam, não há dúvida de que eu sou ele e de que ele será enterrado comigo, só não estou na lista telefônica porque não tenho telefone, é melhor eu agir logo como um contemporâneo antes que acabem com este ou qualquer outro tempo, não é imitando um avestruz corajoso que darei meu testemunho de homem, Andréa foi ser Andréa e eu tenho que ser André. Ou então me enforco.

CAFARNAUM: zero hora do dia zero do Ano Zero.

SEGUNDA PARTE

GIRASSOL, GIRALUA

Havia o Castanheira, sempre com o canivete na mão, hoje está morto, lamento não lhe conhecer o assassino, você limpou o mundo eu lhe diria, parece que o pai e um irmão também morreram antes do tempo, uma família muito distinta, quando vou ao cemitério cuspo na sepultura de um e de outro, até na da mãe eu já cuspi, e quando não há ninguém perto não só cuspo como ainda mijo, um pouco sobre cada um como fazem os cachorros, e um dia ainda hei de defecar sobre o Castanheira propriamente dito, o que me interessa, Deus querendo ou não querendo. Quando soube que estava leproso cocei-me a noite inteira, de puro gozo, nas partes pudendas e em outras, leproso o Castanheira! Você tem certeza? — tinha, eu não mereço tanto, *Creio em Deus Padre Todo-Poderoso criador do céu e da terra*, via-o dentro de mim com as suas pústulas, rasgando-as com o canivete, aos gritos, *Glória ao Padre e ao Filho e ao Espírito Santo*, eu era leproso só para lhe poder sentir o sofrimento, até debaixo da barba eu me coçava, um leproso com barbas, mas as unhas já me caíam, e um cheiro fétido se espalhava pelo quarto: viva a morte do Castanheira! — Mas eu me enganava, ainda não era a morte, nem a lepra podia com o

Castanheira, de novo via-o brandindo a arma em todas as direções, agora era no colégio e tínhamos de novo 12 a 13 anos, os olhos do Castanheira fitos nos meus, fitos em todo mundo, aprender geografia nessas condições só mesmo sendo um louco, e eu aprendia, a capital da Pérsia é, o golfo de Aden fica no, os olhos do monstro furando-me a nuca, queimando-me as orelhas, no fim do mês eu era ou o primeiro ou o segundo, isso o Castanheira não podia admitir, agarrava-me pela gola, um mau hálito insuportável. Foi preciso que o matassem com a lepra e tudo, não fui eu infelizmente mas poderiam prender-me que seria mais do que justo, não apenas fui cúmplice como o autor intelectual da sua morte, tanto a desejei e a realizei cada noite fechado no meu quarto, fechado em mim mesmo, aquela vergonha de me sentir covarde não o sendo, o revólver do meu pai guardado na gaveta sob aqueles papéis, apontava-o para a direita e para a esquerda: *Os cinco maiores rios da África são*. Covarde era ele, eu bem que sabia, mas isso era um argumento que só servia para mim não para os outros, no fundo o primeiro da classe acabava sendo era o último, não é com álgebra nem com Revolução Francesa que se resolvem os problemas do mundo, eu sei, eu sei, mas veja as minhas pernas e os meus braços, o médico até já disse a meus pais que, não interessa, não interessa, o Castanheira anda dizendo isto e aquilo, o que ele diz é que é a vida, compre um canivete para enfrentá-lo, depois falaremos sobre a Revolução Francesa. Não comprei e não comprarei nunca mais, agora que ele está morto e lhe posso urinar em cima, e daqui mesmo lhe urino, sem nenhuma despesa, simplesmente tirando o sexo e urinando, e até masturbando-me sobre ele, e a mãe dele, e o pai e o irmão, toda a quadrilha que nem mesmo conheci, finalmente fazendo jus ao nome, só que florescendo para baixo em vez de para cima, lá onde um canivete não é mais um canivete, como um sapato não é mais um sapato, ou uma gravata uma gravata. *Requiescant in pace* — e fodam-se!

Ainda bem que, a par com o Castanheira, com os Castanheiras, sempre haverá uma Clara subindo e descendo morros e entoando estranhas cantigas, e eu atrás dela, o coração aos pulos, e na mesma cidade e no mesmo mundo, como se isso fosse possível e era, e até no mesmo dia e na mesma hora, o mesmo rosto pálido e a mesma infância — coisa de estarrecer e me estarreço! Eu me desvencilhava de Andréa para ser apenas eu mesmo nessa espécie de êxtase, subindo, descendo, nunca vi tanta ladeira numa só memória, as pastorinhas vestidas de anjo e eu acompanhando-as à distância, lá atrás, vestido apenas de eu mesmo mas também anjo, hoje é que sei, então eu não sabia, aqueles cânticos claros, e Clara, de todas a única, *Um óbolo para as Missões!*, cantigas de roda da Igreja sem roda e sem igreja, um mistério pulsando em tudo, ainda sinto o sol sobre os nossos cabelos, e o cheiro da tarde, o cheiro de Clara dentro da tarde, um outro mundo de repente, sem geografia e sem sustos, meu pai e minha mãe ainda nem nascidos, a peregrinação de porta em porta, cada um dava o seu óbolo e o seu sorriso, mas face mesmo só me lembro de uma, a dela e a minha. Explicar a meu pai o que me parecia inexplicável, aquela espécie de sonambulismo através de ruas que nem ele conhecia, nem ele e nem ninguém, nem mesmo o prefeito com a sua polícia, inútil e para sempre inútil: punha-me indefeso diante da sua fúria, dos seus golpes, na cabeça, nas costas, *isto são horas de voltar para casa!*, mal sabia ele que eu ainda nem tinha voltado, apenas me protegia os olhos para conservar aquela visão de encantamento. Minha mãe não dizia sim nem não, sua forma de ser humana, o avô diante do jornal lendo atrocidades praticadas pelos bôeres, Andréa ainda sem os seios sentada diante do piano, a mesa posta para o jantar e todos com um apetite de justos: seria mesmo o cúmulo se eu lhes dissesse que estava amando, que estivera simplesmente amando a tarde toda, longe de qualquer curso secundário justamente porque secundário, longe do que quer que fosse ou que pudesse vir a ser, longe até de mim mesmo, simplesmente longe, longe, longe, e mais do que tudo longe desses golpes dados a esmo sobre a minha carcaça, com o cinto e depois com a fivela do cinto, uma especialidade de meu pai em fúria que me fez, uma vez ele morto, debruçar-me sobre a fivela na sua barriga para ver se me via lá dentro, com a mesma inocência de antigamente, os mesmos olhos. O único que se condoia com a minha sorte era o irmão ciclista, então ainda sem a bicicleta, o pobre, que Deus o tenha na sua santa paz, o Deus dele, feito especialmente para ele — aquele rosto igual a todos e a nenhum, simplesmente um rosto, o sangue da família afinal saindo-lhe pela boca aos borbotões, não era mesmo possível continuar vivendo com aquele sangue, tipo A, B ou C, não o tipo universal ou ecumênico, os olhos muito puros, e as meninas nos olhos: *Um óbolo para as Missões!*

Infância cada um tem a sua, a questão está em saber guardá-la, uma chance única para todos, eu me engruvinhava como um caramujo até ver passar a tempestade, meu pai exausto, o avô e os bôeres, Andréa com o meu umbigo vogando sobre as ondas, valsas e mais valsas, minha mãe desinteressada como se aquilo não dependesse mais dela, o útero fechado para balanço até o Dia do Juízo, até o dia seguinte pelo menos, quando me descobrisse a um canto com o meu resto de infância. O que valia eram os sonhos, e sobretudo o sonho, Aníbal e as Guerras Púnicas para salvar as aparências, Clara subindo descendo ladeiras no meu corpo sem sequer dar pela minha presença, a fórmula do azoto e a do bário, ou bem era anjo ou bem era pastora, não importa contanto que seja Clara, a sempre distante, a carne da minha carne: a raiz cúbica e a raiz quadrada, eu é que sei das minhas raízes. Também tinha um Deus, às vezes até dentro do ventre, mas não me lembro se me abria com ele ou ele se abria comigo, era mais um Deus de pavor e de vingança, uma espécie assim de avô do avô, tão coronel e tão importante quanto ele, muito mais sem dúvida, de qualquer forma inacessível e atravancando-me o caminho, dentro e fora de mim, onipresente e invisível, como o vento do cemitério quando se passava no cemitério e se trazia o vento dentro da gente, em cada dobra da roupa, no fundo dos bolsos: frio, frio. O Castanheira ao menos não tinha medo do inferno, nisso pelo menos eu lhe admirava a coragem, peidando na hora exata, na missa, *Kyrie eleison, Christe eleison*, ou um estrondoso arroto, e mais outro, o ar debochado na boca sem dentes: *Salve Rainha, Mãe de Misericórdia, vida, doçura e esperança nossa, salve!* — O irmão vindo buscá-lo com os olhos cheios de ódio, muitos com a voz fanhosa por causa do mau cheiro,

Kyrie, eleison! Christe, eleison!, os dedos em pinça no nariz: — lá se ia o desatinado pisando com todos os pés, TOC, TOC, TOC, o tropel dos demônios atrás dele: — UM CARÁTER! Matá-lo bem que o mataria, mas no fundo o invejo nesta sua saída triunfal com os seus exércitos, para o domingo lá fora, suspenso pela centésima vez e ainda uma vez livre! Concentro-me no Breviário, agora este cheiro de incenso entrando-me pelas narinas, cheiro por cheiro é tudo uma coisa só, cheiro de vida é que não é, *Oração para afastar os maus pensamentos:* este esforço para concentrar-me prova que não me sinto à vontade, estou aqui de medo como estão todos, esta campainha é a dos guizos suspensos de cada pescoço, vou acabar balindo em latim ou em qualquer outra língua: *Cordeiro de Deus que tirais os pecados do mundo, tende piedade de nós!* Não fosse o canivete e o ódio e eu estaria com o Castanheira lá fora, respirando o ar puro deste abril, pulando pelos canteiros como um potro selvagem, enchendo os pulmões de alma e sobretudo de muito azul para esquecer tudo que aprendi de física e história e gramática durante toda a semana, durante todas as semanas, como se Clara e só ela não fosse o mais importante de tudo: mas falta-me a coragem. Espantoso como aos domingos o Castanheira chegue a parecer quase simpático, ou pelo menos quase humano, apesar de tudo e justamente pelo apesar de tudo! *Ite, Missas est. Dominus vobiscum!*

Quando menos se esperava, lá vinham madame Só-Só e a filha dobrando uma esquina: os passos muito cadenciados, os da filha sobretudo, davam-lhe a corda cada manhã até a noite — valendo um sorriso permanente. E às quartas-feiras havia a aula de música.

Andréa sentada ao piano, eu ficava em frente àquela Coisa, nem era uma moça nem deixava de ser, sempre de branco, a combinação em branco, a calça de rendas brancas — madame Só-Só muito positiva repetindo o solfejo, a vareta na mão, *si-lá-sol*, também ela toda de branco, branca a sala, e as cortinas e até o piano: o gato sobre o tapete — tinha-se a idéia de um pesadelo, era o que era. A filha não tinha um nome, era como uma boneca com a sua corda, agora imóvel no sofá, as coxas belíssimas: *a clave de fá e a clave de sol:* eu em frente mudo e fazendo de conta, durava uma hora a lição e eu era quem aprendia maravilhas, pouco me importava que fosse imbecil e que sorrisse o sorriso de sempre. Às vezes levava um caderno para disfarçar, mas nem era preciso — *as mínimas e as semínimas, colcheias e semicolcheias, Für Elise* —: a um menino é permitido ver coisas que não se permitem a um adulto, eu ou o gato era a mesma coisa, o relógio branco na parede pulsando os segundos, os minutos, coxas como aquelas eu nunca tinha visto, jamais veria, o começo do sexo dando-me um comichão entre as pernas, as minhas, subitamente minhas. Quando caía a chuva os acordes se prolongavam, de novo vinha a *Für Elise*, a vareta branca batendo o compasso, o gato espiando-me cúmplice, as pernas no sofá cruzando-se e descruzando-se, e o sorriso de sempre, eu rilhando os dentes para que a chuva não passasse, sorria também o meu sorriso para a idiota e para o gato: uma cumplicidade completa. Às vezes, com tanta chuva, vinha o cafezinho, não sei se branco, com biscoitos ou sem biscoitos, Andréa se aproveitava para voltar à infância, UFF!, madame Só-Só indo e vindo, a filha acompanhando-a com os olhos, o gato à espreita: Andréa chegava-se a mim e apontava com os olhos o mistério daquelas coxas: eu me mostrava surpreso, ensaiava um assobio para dentro.

Assim descobri o sexo ao som de escalas e mais escalas, Beethoven e suas jubas protegendo-me de olhares indiscretos, também ele cúmplice como a chuva e o resto, sou-lhe eternamente grato por isso, a ponto de *Für Elise* despertar-me, esteja onde esteja, uma ereção repentina como dizem ocorrer à rã decapitada quando lhe tocam com um fio elétrico, ou se não é bem isso fica sendo isso. E fui descobrir o sexo justamente com quem não o tinha, ou não devia ter, uma boneca lindíssima mas que não dizia sequer *mamãe*, nunca o ouvi pelo menos, nem ninguém — apenas com aquele par de coxas tornadas róseas naquela pletora de branco e branco, todo um clima de alucinação.

Um dia apareceu um tal de Boris, Borges, devia ser Boris, o mesmo sotaque de madame Só-Só, dizia coisas que não se entendiam, a lição ficou no meio, madame Só-Só em prantos, os sustenidos e os bemóis de repente lívidos, a Coisa sorrindo sempre, é-não é, foi-não foi, o gato entendendo os mínimos detalhes, volte amanhã minha filha, não voltamos: amanheceu-se com a tragédia no ar, a filha e a mãe mortas, e o gato, não se sabe quem matou a quem, as torneiras do gás todas abertas, a casa fechada como uma caixa de sapatos, as cortinas e os reposteiros tudo ainda mais branco, a boneca lá dentro sem corda, madame Só-Só definitivamente só, sem trocadilho como frisou muito bem meu pai, um Só para cada lado — meu pai às vezes se dava a esses luxos de filosofia, e acertava.

Quem pagou foi Andréa, descobri que também ela tinha coxas e um sexo no meio, e sobretudo assim macias, uma delícia de se tocar, nem pareciam gêmeas das minhas, e já com os seios da morte do avô, dois pomos que cabiam exatamente nas minhas mãos, nas suas, revezávamo-nos para saber onde cabiam melhor, eu alegava a minha qualidade de gêmeo, um argumento irrespondível: só que era um segredo de morte. Numa festa do Divino, nossos pais festeiros, propus tomarmos banho juntos no chuveiro do quintal, você me mostra os seios e eu lhe mostro os meus, ela se ria arrepiada, eu tenho mesmo dois seios, dois ovos se você prefere, veja! — as coxas da idiota me deixaram ereto para sempre, outro argumento irrespondível. Não há ninguém em casa, vamos! — fomos. Essas maravilhas não há escola que ensine, a água batia-nos em cheio nas costas, no umbigo, os seios de Andréa hirtos de frio, dois pêssegos entremaduros, sexo contra sexo, de novo voltávamos ao útero, os foguetes do Divino ao longe, ríamos uma risada só, as paredes de zinco abafando os nossos gritos: *atrás, não!* Lá fora o domingo azul, pelas frestas se via parte do caramanchão, o mesmo de sempre, as flores sem tomarem conhecimento de nada, essas coisas só me acontecem no domingo, morrerei por certo num domingo, as grandes revelações os mistérios todos, o resto da semana é apenas o resto, façam dele bom proveito os idiotas: matem-se ou deixem-se morrer pouco a pouco. Andréa agora tiritando nos meus braços, esfrego-lhe com força as nádegas e as costas para que não sinta frio, com a pressa esquecemo-nos de trazer a toalha, os dois seios gelados aos poucos se aquecem no meu peito, com a ponta do dedo corro-lhe entre as nádegas, até o sexo: *aí não!...* — apenas um balbucio. E os foguetes, três quatro, agora mais perto, proclamando nosso grande feito.

Enchemo-nos de coragem e saímos nus pelo jardim, um domingo é um domingo, de novo no Paraíso como devera ser sempre, o paraíso depois da morte já não interessa, depois de nada, o que vale é este instante, esta eternidade. De tão puros fomos cair deitados na sala de jantar, André-Andréa, a mesma placenta de antigamente, rindo-nos de nada e de tudo, as mãos dadas e os pés, olhando o teto e acima do teto, o coração único, sem medo, sem medo, o sangue correndo de um para o outro, simples vasos comunicantes, nada mais do que isso, André-Andréa-André, como madame Só-Só e a filha, tique-taque-tique, a mesma corda: a mesma.

O irmão chegava na bicicleta: pássaro: estafeta para os outros. (*Morreu como um passarinho:* e como queriam que morresse?)

Pedalava que pedalava, cada hora num lugar, quase que o dom da ubiqüidade: *Olha o telegrama!* — olhavam. A vergonha da família, dizia o pai, e recusava-se terminantemente a ler os telegramas, o neto de um coronel da campanha não sei do quê: coronel de merda, de merdíssima! A vergonha, estou de acordo, um opróbrio, aquelas asas sob o sol e sob a chuva, e os pés humílimos cheios de lama, sempre com a bronquite, mal se lhe ouvia a voz, cada vez mais longe, um fiapo apenas: *Olha o telegrama!* De tão cansado parecia um morto na cama, os olhos fechados, entre um vôo e outro, sempre pedalando, mesmo em sonho, sempre em sonho, o neto do coronel, o uniforme de brim sobre a alma, surrado, encharcado, as unhas sujas, respirando com dificuldade, até o ar era difícil: como podiam os outros respirar simplesmente respirando? — haveria mesmo ar para todos? Olhava-me como a um estranho, na minha gravata, no me porte todo de príncipe, o eleito da família, *este sim!*, estudando para isso e para aquilo, a respiração perfeita, o primeiro da classe apesar do Castanheira, e belo ou quase belo, os olhos da mãe, um pouco rebelde mas isto é o que importa, dono do seu nariz, do meu nariz! A bicicleta me dava vertigens, excesso de talento sem dúvida, só de ver aquela lama vinha-me uma espécie de urticária, o tipo do delicado, será um diplomata na certa, o francês lia-o fluentemente, e o inglês simples questão de tempo. Punham-me a mão do avô sobre o ombro, morto mas sempre vivo, este menino vai longe, e sem bicicleta o que é mais importante.

Até que veio a hemoptise, a primeira, a segunda, até a última. Ninguém suspeitava que um estafeta pudesse ter tanto sangue, e o sangue da família o que era o pior, todo um semestre a lavar lenços e lençóis: coisa de ver-se! Com o meu começo de bigode impressionei-me profundamente, nem era para menos, aquilo vinha na hora mesmo dos vestibulares, como sempre o primeiro da turma: passei a desequilibrarme por qualquer motivo, sem motivo, um risco a mais com que não contava, e Andréa noivando ainda por cima, um perfeito idiota ao que se dizia, doutor em línguas ou coisa parecida, doutor em cunilíngua como vim a descobrir depois: e o irmão morrendo como um passarinho, como um pássaro, um albatroz, seis meses de morte, o sangue vermelho e quente, às golfadas — sem um só gemido. Nunca ninguém morreu tanto por tão pouco, aquilo não era uma vida, nem mesmo um arremedo de vida, 23 anos dos quais 23 montado na bicicleta, no sonho e fora do sonho, pedalando e ofegando, ofegando e pedalando, o riso fácil que nem depois de morto abandonou. Olhava-me compassivo como se fosse eu que ia morrer e não ele, no seu delírio limpava a lama dos pés, tirava um telegrama da bolsa a tiracolo, lia e relia atentamente o endereço, repetia-o em voz baixa para ter a certeza, abria o enorme sorriso e entregava o papel a mim ou a quem estivesse perto — e sempre dizendo obrigado!, a todo instante. Até que morreu mesmo, e o levaram entre discretas lágrimas, inclusive minhas, num caixão que não pesava quase nada, espantoso!, como se o hábito da bicicleta lhe dera o dom do vôo, ou sempre fora assim e não se sabia, nem ele mesmo. Uma semana depois eu tinha a minha primeira cólica de fígado.

No terceiro ano eu cheguei a meu pai e disse: não agüento mais, aquele peso que não tinha o irmão eu estou com ele aqui dentro multiplicado por mil, mal caibo eu dentro de mim, o que sou mesmo é uma merda! — e fechei-me no quarto por três dias. Findos os quais saí para beber durante outros três, de tudo e em toda parte, dizendo o nome do avô em voz alta para escrachar, e todos os nomes feios que me ocorriam, e outros mais que eu mesmo criava para a circunstância: eram feios porque eu assim decidia, como o do marido de Andréa, e o da própria Andréa quando me referia ao marido, e o meu mesmo e sobretudo o meu quando me via no espelho, numa vitrina, numa poça d'água. Cruzava-me com o filho do coletor e xingava-o gratuitamente, dei-lhe um empurrão que o jogou de encontro ao muro, chovia e isso ainda o fazia mais parecido com o irmão, a toda hora em toda parte, aquele dom de ubiqüidade com que já se habituaram os habitantes, e não há um só motivo para que se habituem, um único. O infeliz ficou colado ao muro um breve instante, olhou-me com uma infinita piedade, se não era chuva eram lágrimas, nos seus olhos, não disse sim nem não, pôs-se firme sobre os pés e continuou andando no seu rumo, mais tranqüilo do que nunca.

Mandei a diplomacia à merda, todas as diplomacias, fui visitar o Castanheira no cemitério e beijei-lhe a lousa, grande Castanheira!, depois me lembrei da sua lepra, vomitei-lhe em cima, pura cerveja, quando vi estava deitado num túmulo ao lado a dizer impropérios, havia um resto de lua, mandei também a lua à merda. Em casa acordei Andréa para perguntar o que ela estava fazendo com aquele como na cama, manda esse como à, veio meu pai, minha mãe, o biltre nem sequer se levantou dos lençóis, aí morreu nosso irmão eu dizia, vosso filho, aí nesse lugar, ainda sinto o cheiro dele, lá estão os seus olhos — a custo me arrastaram para o quarto, minha mãe assistindo impassível: *é ou não é minha mãe?:* — Andréa de camisola encostando-me os seios na cara, o cheiro dos seus seios, só a presença do pai me impediu de violentá-la ali mesmo, nas barbas do pulha.

Nunca mais readquiri o equilíbrio, nem de muletas, quando quebrei a perna e tive que passar dois meses sem horizonte, pensando em Clara para não ter que pensar em Andréa: — por onde mesmo andaria ela com as suas pastoras, havia mais de dez anos, *Um óbolo para as Missões!*, também um óbolo para mim, Clara, pobre de mim, mais necessitado do que nunca, do que ninguém, não por causa destas malditas muletas mas apesar delas exatamente, perdi o equilíbrio sem o qual nenhum edifício fica de pé, estas muletas apenas me escoram como a um muro em ruínas, desabarei para a esquerda ou para a direita, acabarei desabando até para cima: teria existido mesmo essa Clara na minha infância? teria mesmo existido a minha infância? — De repente me sinto tão velho que já não tenho idade, é como se o mundo vivesse dentro de mim e não eu dentro dele, sou responsável por todos os males do mundo e por isso me acham irresponsável: Clara ou fantasma de Clara, venha em meu socorro!

Andréa me tratava como a um irmão, e era o que eu era: — mas então não se lembra daquele domingo e daquele outro, sempre um domingo mesmo que não seja, os dois sozinhos no chuveiro do quintal, estes mesmos seios ainda em botão, este mesmo sexo, e o meu, você teria uns 13 anos e eu na aparência uns 13, os foguetes no ar — ou não se lembra também dos foguetes? A pergunta eu a fazia apenas com os olhos, diante do prato com a maçã ou o copo de leite, agora éramos adultos e a morte do irmão nos tornara para sempre adultos, cada um à sua maneira, com muletas ou sem muletas, dormindo sozinho ou copulando com outro, na verdade apenas consigo mesmo. Triste coisa o amor, Andréa, quando não se pode amar nem mesmo a uma irmã de carne, e, mais do que de carne, de placenta, quase que a mesma criatura, a mesma criatura, como se me houvessem feito hermafrodita, e é o que sou, e é o que somos, você tanto quanto eu, inútil fingir que não sente o que eu sinto, que não sou também uma parte sua, a metade, exatamente a metade que lhe falta, como me falta a minha metade. Amar ao próximo como a si mesmo, veja bem: como a si mesmo, como a nós mesmos, você e eu um só, NÓS, exatamente como eles pedem e até exigem, é um preceito divino você sabe melhor do que eu, você que é um deles, que finge ser um deles, e um preceito tido e havido por incontestável, não há quem não se ame a si mesmo a menos que se tenha ódio, e é o que ainda acaba acontecendo comigo, não por minha vontade mas porque assim decidiram ou decidem os outros, não posso amar-me sendo apenas a minha metade, sem o seu amor, não este seu amor de irmã mas o outro, mesmo que já pareça muito tarde, nunca é tarde para começar tudo de novo, sobretudo numa questão de honra como esta, mais do que de honra: de vida ou de morte, creia-me que não estou delirando nem coisa parecida, estou apenas dizendo a verdade, a verdade com muletas mas verdade.

Na tarde fria Andréa saía do quarto e era Clara que ia saindo, entrando na igreja, o sol sobre os cabelos, um halo de luz, surpreendentemente só, as asas da procissão, ela-só uma procissão, súbito anjo não mais pastora, eu com a perna do outro imobilizada na cama, um menino com uma perna enorme, amarraram-me ao meu cadáver: — CLARA!, inútil, só eu que me ouço — a maçã em fatias sobre o ventre, dentro do ventre, um outro tempo, o mesmo quarto e eu mesmo mas tudo diferente, Clara, Andréa! —: este cheiro do irmão ainda me acaba enlouquecendo!

O fígado pôs-me de quatro: este menino sempre teve um fígado enorme, em lugar da alma um fígado, e essa irritação constante! Esse olhar de abutre! — só agora se davam conta. Por trás do bigode eu me fazia de desentendido, matam-nos a infância e ainda nos chamam de menino, eu olhava a fivela no cinto do meu pai e me sentia vingado de tudo e de todos, eu e o meu irmão: — se querem um diplomata pois que façam outro, em cima da cama, agora mesmo, se ainda são capazes, se algum dia já foram capazes: — fazer um deus ainda é mais fácil do que fazer um filho, se não sabiam fiquem sabendo. Quando vi eu estava rindo para as paredes, para o fundo do copo, um riso que não era o meu ou então que era o meu, não mais aquele riso alvar da família: o riso dos Medeiros, é o que diziam todos — até os mortos levavam esse riso para o fundo da sepultura, uma marca registrada indestrutível. Agora eu me olhava ao espelho e me assustava com o meu riso, fazia força para contê-lo, não dependia de mim como não dependiam os dentes nem os cabelos, era um riso sem alegria mas era o meu, O MEU!, só um idiota não percebe isso logo, o riso dos Medeiros é como o cu dos Medeiros, façam dele bom proveito enquanto a caveira não vem rir debaixo dele, e já está vindo.

Quando se convenceram de que um diplomata não agia assim com essa falta de diplomacia, e passado o primeiro instante de susto, todos lavaram-se as mãos, meu pai Pilatos, o biltre do cunhado, minha mãe que já as havia lavado o tempo todo, Andréa com seu prato de maçãs e o olhar distante. E, para se convencerem de que eu é que estava errado, lá se iam a depositar flores sobre o túmulo do irmão — e o do avô, de quebra — e lhe guardavam a bicicleta como recordação, logo a bicicleta!, no quarto mais escuro da casa, *tlim tlim*, lá onde não pudesse ser vista muito facilmente, e nem mesmo ouvida, *tlim tlim*, como a ouvia eu todas as noites. Venderam-me o *smoking* sem ao menos me consultar, servia-me ao menos de espantalho no cabide mas isto não tem a mínima importância, quando vi o cabide já me olhava como eu o olhava, os braços abertos como eu, ou é cabide ou não é cabide, ele e eu vestidos agora só com a túnica do irmão, ainda com a última chuva dentro do bolso — mas também ela, a túnica e a sua chuva, desapareceu de repente como por encanto. Quero ver é se têm coragem de vender a bicicleta, com o seu farol aceso apesar de apagado, o tempo todo aceso, só não o vê quem não quer, tlim-tlimtlinando no silêncio, já a ouvi andando pelo corredor uma noite mas não disse a ninguém, atravessou a porta e foi rodar pela cidade para matar saudades, mas estas não se matam ou pelo menos não se mataram, ouvi quando voltou pela madrugada e quase bateu na minha porta, bêbada sem dúvida, e com a lama do cemitério nos pneus.

A perna quebrada só a custo voltou a ser minha, os dedos do pé espiavam-me como a um estranho — este imbecil, haveriam de estar dizendo com a voz do avô, tirou-nos a oportunidade de conhecer o Cairo e a Trafalgar Square, a ponte de

San Francisco e os jardins do Vaticano —: já se sentiam um pouco diplomatas os energúmenos, como de resto o resto da família. A outra perna não, essa comportou-se condignamente, acompanhava-me para onde eu a arrastava, sem se arrastar, era uma perna direita e isso era o que se via, dava pontapés em meu nome e em seu nome, impacientava-se com a cãibra da outra, com a cãibra dos outros, os cagões, de repente recebendo telegramas sem recebê-los, quietos a um canto, lendo o vazio. Mas neles a tremedeira durou pouco, o tempo que dura o remorso, logo eram os Medeiros de novo, copulando como sempre haviam copulado, e dormindo com um ronco só, e com um apetite de dar gosto: aos domingos sempre arroz de forno.

Com as duas pernas já não me restava uma desculpa, ou se mate ou arranje logo o que fazer, não diziam mas diziam, somos Medeiros mas não somos ricos: fodam-se, puseram-me no mundo agora que se agüentem, não fui consultado e tampouco os consulto, só me decido quando me decidir, e está na hora do lanche, não tenho fome mas exijo o lanche.

As relações exteriores nada tinham a ver com as relações interiores, tive que aprender tudo de novo e sobretudo desaprender, onde estavam o Y e o Z não havia nem uma coisa nem outra, o abecedário era uma burla e com ele todo o resto: as línguas aprendidas só me tolhiam a língua, Deus em grego ou em inglês era Deus da mesma forma, o homem estava nu qualquer que fosse o nome que lhe dessem, e eu ainda mais nu porque estava coberto de excrementos, era excremento por fora e por dentro: o verão súbito tornava o ar empestado e irrespirável, eu me sentia mais leproso do que o Castanheira um mês depois de morto, tapava-me o nariz para ver se conseguia dormir, pela primeira vez sentia os urubus voltejando sobre a minha carcaça. À guisa de catarse, pus-me a escrever as palavras pelo avesso, ao inverso, *eãm, ue,* passava horas e horas escrevendo, às vezes no ar, *amla, etnoreconir, aérdnA,* aquilo me dava uma idéia do absurdo de tudo e de todos, andava com um espelho no bolso para poder ler os letreiros, as placas dos falsos doutores, as inscrições nos monumentos: copiei todo um conto de Andreiev assim às avessas, preguei-o sobre a mesa-de-cabeceira, lia-o relia-o todas as noites antes de me deitar — *a isto chamam de glória!* Estou preparando-me para ser Alguém, ou então Ninguém, dizia a meu pai diante daquela mixórdia que não me saía das mãos, das retinas, este é o artigo 214 do Código Civil, veja que maravilha, até as vírgulas são as mesmas, o mesmo espírito: no momento estou escrevendo uma *Ode ao irmão,* só que há que cobrir todos os espelhos como se faz quando há um morto.

Quando vi estava sentado a uma mesa num bar, Hugo e Marcelo e mais uns pulhas interessados na descoberta, não há descoberta coisa nenhuma, as coisas estão diante de nós para serem vistas, simplesmente passei a refletir como um espelho em vez de como qualquer de vocês — e, apesar desta cerveja, não admito intromissões! O mal de todos está em querer descobrir em vez de descobrir-se, seus poemas Hugo são uma merda da direita para a esquerda como da esquerda para a direita, experimente lê-los com um espelho que se convencerá de uma vez por todas, e também os seus Marcelo, e todos os de todos, o que vale a pena ser dito é incomunicável como o silêncio do morto: ou vocês pensam que o morto está calado porque não tem o que dizer, ou porque não o deixam dizer, ou porque está morto mesmo em sua eternidade? Frases, frases, era o que eles queriam, enchiam-me o copo com respeito, se eu dissesse exatamente o contrário o efeito seria o mesmo, o importante era afirmar as coisas afirmando-as, e ninguém menos convicto do que eu àquela altura, naquelas alturas, uma perna que já nem era minha, também ela cheia de cerveja até a ponta dos cascos, o irmão lá apodrecendo na sua cova, esse sim um sábio, sem nunca ter dito uma frase-feita em toda a sua vida, os telegramas sim não ele, o maior dos diplomatas sem nunca ter tirado um diploma. *Um minuto de silêncio!* — e eu me calava para o resto da noite, encharcado de álcool e de miséria, subitamente enterrado com o irmão: onde cabe um cabem dois, chegue-se um pouco para lá mano, até hoje eles guardam a sua bicicleta como se também fosse deles, nisso e nisso apenas fingem-se humanos para ver se salvam as aparências, no fundo estão é gordos e respirando com todos os pulmões e almoçam e jantam com um apetite devorador. E, nos cafés, aqueles mesmos que o olhavam com piedade e com desprezo continuam a fazer poemas, e novos poemas, alguns até sem vírgulas e sem maiúsculas, xingando Deus e sonhando com a academia — e eu ensinando-lhes novos truques, bêbado de cerveja e de nojo, e sobretudo de horror: este espelho é para lhes jogar o sol na cara como se fosse o próprio sol, um truque em que nem os selvagens já acreditam mais. Mereço este seu silêncio, sou mesmo o último dos canalhas, sempre fui, fui sempre um Medeiros da cabeça aos pés, um

Medeiros no plural como eles querem e também são, a sombra do avô cobrindo tudo, e a do avô do avô, até a última das putrefações, não seria mesmo possível eu caber com todos eles neste seu exíguo caixão, todo um reino mas para um rei só, um só reinado. — Hugo e Marcelo, com toda a cerveja do universo deixem-me em paz com os meus hieróglifos, compre um espelho cada um se querem mesmo ver alguma coisa, ou se querem não ver, entrem dentro dele, engulam-no, esqueçam os Sófocles e os Eurípides, esqueçam, comecem tudo de novo, desde o útero, desde antes do útero, vocês que também são Medeiros mesmo não sendo: SORIEDEM: vejam que coisa mais ridícula.

A verdade é que já nascemos órfãos, todos: mas isso eu não digo.

Quando eu vi, estava com o dr. Schweitzer na África, em pensamento, curando os leprosos e dando de comer aos porcos e macacos, todo de branco para me fazer mais puro, a barba crescida e uns óculos escuros disfarçando o que ainda havia em mim de Medeiros, dentro dos meus testículos. A língua não era nem nunca fora nenhum problema, nem eles precisavam lá de língua nenhuma mas de braços, mas de consciências: à noite um pouco ou muito de Bach para manter acesa a chama, divinamente tocado ao órgão pelo doutor, entre mosquitos, antílopes, lagartos e pelicanos.

Cheguei a arrumar as malas, vou ver se vou para Lambarene, ninguém entendendo nem procurando entender, Marcelo chegou a escrever um poema a respeito, sem vírgulas e sem maiúsculas, a dificuldade estava em arranjar a passagem e o passaporte, talvez o cônsul da França pudesse arrumar um jeito, ou o próprio cônsul do inferno se houvesse um, o cunhado torcendo para que houvesse. Aventou-se a hipótese de eu estar apenas delirando, de gravata e óculos e delirando — um ateu como este com idéias de ir ajudar os outros nos confins do mundo, leprosos ainda por cima, como qualquer cristão desiludido mas com um olho no paraíso.

E foi isso justamente, apenas isso, que me fez desarrumar as malas com a mesma presteza com que as havia arrumado — quando descobri por trás da grande obra do dr. Schweitzer o intuito secreto de servir a Deus para depois ser por Ele servido, ou se não era assim tão secreto vinha a dar exatamente na mesma: a façanha, de qualquer modo, de um teólogo e de um professor de teologia, muito mais do que a de um simples médico ou simplesmente de um homem. Para ganhar o paraíso outros já se haviam prestado a subir na fogueira e a entrar na arena dos leões, ou até mesmo, o que chegava a ser espantoso, a renunciar a própria fortuna ou qualquer título de nobreza, como se pode ler em qualquer *flos sanctorum* ou mesmo ver por cima do muro do vizinho, quando acontece isso acontecer. *Merda para a piedade do dr. Schweitzer/enquanto não for ímpio e, só depois, piedoso* — acrescentei ao já famoso poema de Marcelo, por sinal que também ele todo em maus alexandrinos, o que teve quando menos o mérito de não lhe quebrar os pés. E safei-me para os braços de Dolores, a puta do 106.

Dolores pelo menos arriscava o inferno para aplacar meu desespero, meu e de todos, e não se utilizava de nenhum Bach para emprestar um ar solene ao seu sacrifício, como quem está sempre exaltando o que faz perante o seu Criador, o Criador de todas as bandalheiras existidas, existentes e por existir. Nela o que era um negócio era apenas um negócio, Deus à parte e também o Diabo, e nunca lhe passou pela cabeça a idéia de escrever ou mesmo ler nenhum tratado de teologia, e muito menos de tentar explicá-lo aos seus fregueses.

E foi nos braços de Dolores que me vieram avisar uma manhã que o velho já estava estrebuchando, e com mais de um padre ao lado para maior honra e glória dos Medeiros, tudo conforme mandam as *Boas maneiras de um moribundo* — livro que logo me propus a escrever um dia, enquanto caminhava com o cunhado que me fora buscar entre compungido e enojado. Já o morto dava os seus últimos estertores como vivo, ele que já morrera sem saber ou sabendo desde a morte do irmão — quando eu me debrucei à sua cabeceira e fiz de conta que era um Medeiros olhando para outro Medeiros, ainda com o cheiro de Dolores e da bebida na ponta do bigode. Seguiu-se a tal cena comovente, um órfão é sempre um órfão, pelo menos para mim a experiência parecia nova, eu é que sabia, o moribundo querendo me perdoar e eu perdoando-o, a camisola ridícula tirando toda a solenidade do ato: — um homem deveria morrer sempre nu ou vestido de almirante, não sei por que me ocorreu logo a idéia esdrúxula: o padre ao lado me olhando com repugnância, este cheiro de puta não há latim que agüente, assim não é possível me concentrar convenientemente — e ainda este cheiro de Dolores, um cheiro inconfundível.

Quando depois do latim o morto foi dado por morto, a casa voltou a ser povoada de fantasmas, o avô coronel, o irmão com a sua bicicleta, até um gato de que já ninguém se lembrava, e eu mesmo que já estava morto havia muito tempo e não via mais motivo para continuar disfarçando: — morto como Medeiros, que era o que interessava no caso.

Os seios de Andréa voltaram a florescer sobre o defunto, reminiscências do velório do avô, e eu me sentia de certa forma indigno em desejá-los exatamente naquele momento — embora o álcool não me deixasse sentir toda a indignidade necessária. Chorou-se, chorei, o prefeito veio num terno de linho impecável e eu lhe gabei discretamente a elegância, o cunhado cada vez mais compungido aproveitando para sussurrar-lhe um pedido, no momento está meio difícil, vamos esperar que o governador cumpra o prometido, a mãe olhando o nariz do morto, Andréa fabulosamente bela, os olhos do prefeito postos em Andréa, vamos ver o que o governador pode fazer, os dedos do morto rezando o seu terço, o retrato do avô na parede espiando o morto com um ar entendido.

Um mês depois, sem mais aquela, eu entrava para o arquivo.

TERCEIRA PARTE

ZONA DE TREVA

... nove!

Onde está o vento?

Este peso nas costas, no pensamento — vem do teto ou das nuvens assim paradas, invisíveis me vendo: sinto que estão ali paradas, AQUI, bem sobre o meu corpo também imóvel — eu e o meu corpo paralisado e talvez já morto: mas ainda eu.

Se ao menos houvesse o vento — nem que fosse o ruído do vento, o rumor do vento como há o rumor do mar ou o da chuva, ou qualquer rumor que não seja este silêncio — o deste silêncio!

Mas apenas ouço, vejo, o peso destas nuvens e do que está ainda mais em cima, de todo esse ar que me falta e que me traz esta asfixia, esta paralisia — como se me houvessem enterrado e eu estivesse enterrado: dentro desta mortalha.

Mais ainda não estou morto, sei que não estou, SEI: isto é o importante. E este silêncio, e agora este frio — antes não havia este frio — este silêncio neste frio, e este peso sobretudo este peso sobre a minha cabeça, tudo isso então é que estou sendo a vítima de algum mistério, não de um engano ou de uma alucinação mas de algum mistério, nem mesmo de um sonho ou de um pesadelo, pois me conheço e sei que não estou sonhando: SEI.

Não me enterrariam assim vivo, e de pé — e nem eu deixaria, e nem eles deixariam, não sei quem mas eles: o médico, sim o médico, sempre haveria que haver um, mesmo que fosse meu inimigo — ou algum parente ou conhecido, um amigo: Aristeu por exemplo, para isso ele servia, trataria de dar logo o alarme, ou então a própria Diomira, um vizinho, ou mesmo Andréa em último caso. E depois — este raciocínio assim frio, mesmo que seja do frio, este modo como eu raciocino e continuo raciocinando, assim friamente — morto nenhum por vivo que fosse seria capaz de um raciocínio assim, morto nenhum, sobretudo assim de pé e com este peso e esta asfixia, e com estes olhos assim vendados, mais esta, como os de uma múmia — sem ver nada senão esta nuvem invisível, e este silêncio nesta nuvem, a um palmo do meu nariz.

Preciso é manter a calma, muita calma, como até aqui — como um afogado para que não se afogue, não se afobe: a cabeça assim para cima, a minha cabeça, onde estão estes pensamentos e os que virão e hão de vir depois: bem para cima — sem me deixar tomar pelo pânico, por este ou por qualquer pânico — aí que seria o fim — sempre assim calmo, o mais calmo possível, como um afogado que ainda não se afogou, a cabeça bem para cima, os músculos bem relaxados, assim, exatamente o contrário da rigidez de um cadáver, ou do seu pânico, mesmo que já tenha sido arrastado e levado para o fundo: de pé assim como eu.

Há quanto tempo estou vagando neste mar, neste deserto — neste abismo? Há quantas noites?

Ainda estão comigo a minha carne e os meus ossos, esteja onde estiver ainda é em mim que eu estou viajando, assim parado mas girando com a Terra e o seu eixo, com estas águas e o seu silêncio: com este frio que só pode vir de um corpo imóvel ou projetado no infinito.

Já me parece ouvir sob os pés algo de estranho, os meus dois pés e não os de outro: assim como uma música feita de areia, como quando eu pisava a praia ainda que em pensamento, exatamente esta sensação de música nos pés. Posso estar suspenso — *a corda!* — mas toco com os pés essa areia da infância, assim e cada vez mais nítida, penetrando-me mais do que a penetro, sem que eu faça o mínimo esforço ou movimento. Que é um chão de areia eu não tenho dúvida, irreal ou real, eu suspenso da corda ou apenas meu pensamento, e esta lucidez que me põe tranqüilo e ao mesmo tempo em espanto: embora ainda calmo, muito mais calmo do que antes — terrivelmente calmo.

Destes pés é que me virá a revelação, qualquer que seja, e não do meu fígado nem dos intestinos, nem das minhas mãos que nem sei onde estão — dos meus pés! Sinto, pressinto, algo tão silencioso e frio quanto eu mesmo, como se fosse apenas uma continuação do meu corpo mas não sendo: MAS NÃO É — um outro mundo que bem pode ser o meu mas também um mundo novo, completamente diferente, e que estou pisando pela primeira vez. Tocam-me não as águas mas a areia que há no fundo dessas águas, a AREIA — e já lhe posso até adivinhar a cor só pelo tato: vermelho, vermelha — como fazia em criança quando pegava alguma coisa no escuro. — Fofo e vermelho.

Daqui sairei eu e vivo, tenho certeza, apesar do frio e deste peso quase insuportável que suporto sobre os ombros, como se suportasse todo o peso do mundo. Valeu-me ao menos para isso a minha experiência de afogado, a minha inexperiência — e sobretudo o que me ficou da calma do irmão em cima e fora da sua bicicleta, o irmão, respirando e andando comigo desde que o enterraram dentro de mim. — É possível que este seja o seu mundo e ele me tenha arrastado até aqui, preso a essa corda que eu comprei e armei julgando ser minha: a corda justamente que se atira ao afogado para que não se afogue, não se afobe — assim como eu ainda há pouco, antes de atingir esta praia.

Estou caminhando — esta é que é a verdade! — e caminhando num caminho sem muro ou qualquer outro obstáculo — e de pé com os meus dois pés, o direito e o esquerdo, o esquerdo e o direito, um de cada vez, sem qualquer novidade — a não ser esta sensação de que estão caminhando por mim, me fazendo caminhar sem caminhar: o direito, o esquerdo: para a frente e não para trás — para a frente como qualquer autômato.

Não fosse este silêncio eu diria que o mar está ou à minha direita ou à minha esquerda: — de qualquer forma esta é uma praia infinita e deserta, com esta areia assim fofa cedendo sob os meus pés, nunca antes pisada por ninguém ou animal nenhum, mesmo antediluviano. Ou então estou é num deserto, um imenso e frio deserto, e daí este silêncio e este peso do céu sobre mim — e essa corda que não é bem a minha corda nem a corda do irmão, mas a de que se servem para arrastar alguém ao seu cativeiro — razão por que sou assim levado e não me levo, nem sinto esforço nenhum nesta caminhada que não é minha.

Ando e respiro apesar desta asfixia, e sobretudo penso: — continuo capaz de pensar e de raciocinar com o meu próprio raciocínio, como se ainda fosse um homem livre como ainda sou por dentro, apesar desta cegueira momentânea e desta surdez momentânea, e mesmo — só agora me dou conta — desta falta de faro e de paladar, e até mesmo de tato e de contato, a não ser na raiz dos pés. Este pouco me basta por enquanto, na verdade sempre me bastou, nunca fui mais do que isto quando eu ainda tinha todos os meus sentidos, fizesse ou não este frio ou este silêncio em derredor, doessem ou não minhas entranhas com a minha condição de gêmeos: nem bem uma coisa nem outra — estivesse eu sem roupa ou vestido apenas com a roupa do pai e a do avô: travestido.

Ando e penso — e sobretudo respiro.

... oito!

Este azul!... — Repentinamente este AZUL!

Não dentro mas fora deste vidro, colado a este vidro, assim inteiro e azul: e tão de perto que eu lhe posso até sentir o hálito no rosto, na garganta, nos pulmões, como se este vidro fosse apenas um espelho, eu dentro desse espelho.

Estou enxergando este azul, e não apenas vagando nele como ele ao redor de mim, agora dentro: *estou enxergando-o.* Com todos os meus olhos e todas as minhas vísceras, assim colado a este vidro: furiosamente à espreita.

Apenas uma nebulosa, um nevoeiro espesso — mas não tão espesso como pareceu à primeira vista: com todas estas frinchas e estas ranhuras, visíveis e logo invisíveis, por onde talvez possa passar o fio do meu pensamento, ou o fio da própria corda que me arrasta ou me mantém assim suspenso.

Agora um azul mais claro, esmaecido — mas ainda azul, como o que eu via deitado comigo e com Andréa nos domingos, vendo passar as nuvens: só que aqui não há nuvens, ou é a própria nuvem que é azul. Seria até repousante, não fosse esta asfixia que me vem justamente desta parede erguida à minha frente e que caminha comigo, assim junto do meu nariz e até em volta dele: ou esta cortina, ou este véu, ou mesmo apenas esta fumaça.

O silêncio e o frio eu compreendo, teria mesmo que me habituar a eles enquanto vivo ou enquanto morto, assim como a este peso da terra sobre o meu corpo, e mesmo a esta ausência do vento já não digo sobre mim mas sobre os meus cabelos. Já a asfixia, eu não estando morto, corro até o risco de que ela me roube esta calma necessária, e esta lucidez nesta calma, pois que tenho que despender todo este esforço a cada respiração, sem nunca me esquecer de que estou respirando — para dentro e para fora: como um fole.

....

Mas por que estaquei? — por que me estacam?

Acabou-se a corda? — qual delas?

....

Algo se passa, não comigo mas fora de mim: aqui à minha frente e ao alcance das minhas mãos, se eu tivesse mãos — aqui de onde justamente vem vindo essa sombra dentro desta outra sombra, o contorno fluido de uma coisa avançando e avançando, caminhando para mim e ameaçando passar-me por cima: — eu diria um elefante mas sem as suas pernas, um gigantesco elefante arrastando-se assim morosamente, mas não tão morosamente como seria de esperar de um animal sem pernas — um elefante além do mais silencioso, assim enorme e assim silencioso, talvez não me enxergando mais do que o enxergo — perdido nesta bruma em que também estou perdido. Passa por mim sem dar pela minha presença: não sobre mim — e desaparece.

Logo surge outro, depois outro, toda uma manada, assim a intervalos certos e sem que eu me mova do meu lugar: vendo-os se aproximar assim lentamente, um após outro, o vulto enorme cobrindo-me aos poucos a visão, o tremor do chão sob os meus pés, a sensação de que vou ser esmagado — e depois de novo o silêncio, apenas o meu coração batendo dentro de mim.

Podem ser elefantes e podem não ser, assim se arrastando como se fossem em busca de um esconderijo para morrer — apenas onde deviam estar os olhos esse fulgor estranho como o de um clarão de incêndio, mas também ele azul neste espesso azul do nevoeiro — já não mais tão espesso, cada vez mesmo menos: embora ainda azul. Não distingo ainda sequer em que lugar eu estou, assim parado e os pés como que tolhidos por uma força estranha, por uma fraqueza estranha — neste mundo sem horizonte, sem céu e sem vento, mudo e surdo da minha própria surdo-mudez, ainda que ele e eu ainda estejamos vivos e fazendo o possível para mostrar que estamos. Apenas os meus pés sei que ainda continuam pisando esta areia, desde que despertei ou venho tentando despertar: e esta areia vermelha, da cor do sangue, disto eu tenho certeza, embora eu não consiga ver nem mesmo onde estão as minhas mãos, ou mesmo se ainda tenho um corpo, apesar de estar dentro dele. Esta minha lucidez não vai além de mim, só me serve para saber que ainda existo e teimo em existir, e lembrar-me que tenho um passado como qualquer pedra ou árvore, ou pelo menos como qualquer pedra ou árvore de antigamente, pois nem mesmo posso saber se ainda existe uma pedra ou uma árvore nesta nebulosa em que respiro, em que bem ou mal ainda respiro.

....

Esta estrada, esta rua, lembra um desfiladeiro — com estas montanhas que de repente parecem assim emergir de cada lado: a menos de um metro de onde estão os meus pés, que finalmente decidiram voltar-se para a direita.

Está tão próximo, tudo, e ao mesmo tempo tão distante, que o certo será eu esperar que essas montanhas se aproximem ainda mais de mim — como aconteceu ainda há pouco com os elefantes e os seus faróis acesos: *acesos, e não me viram!*

E o pior é que nem sei se o tempo aqui se mede como se media antigamente, com minutos e frações de minutos, os dias e os meses contados nos dedos quando se tem dedos para contar — ou mesmo assim só por dentro, com o pulsar do coração. Quem me pode garantir há quantas horas ou há quantos séculos eu me livrei há pouco de ser esmagado como um verme, o último dos vermes, ou mesmo se não fui eu que deixei de esmagar o inimigo, assim parado e ao mesmo tempo empurrado para a frente, como ainda agora sinto que me empurram: contra a minha vontade?

....

Um vulto. Outro.

Quase me esbarram na passagem — dentro deste túnel. É que então estão passando, ou eu que estou passando: fora de qualquer dúvida.

E são criaturas desta vez — criaturas humanas, posso distingui-las perfeitamente: quase humanas. Pelo menos andam e têm cabeça igual à minha, igual à que eu tinha e ainda devo ter aqui em cima, na altura dos olhos — precisamente os olhos que voltaram ou estão voltando a ver estas coisas: estes olhos, e não faróis como os dos elefantes.

Aqui pelo menos não passam elefantes, nesta estreiteza, posso ficar tranqüilo: deve ser quando muito um beco, sem portas mas um beco, com estas paredes ou estes muros que tanto vão para baixo como para cima, os meus pés se perdendo lá embaixo na areia.

São muitos que passam: homens, não animais — ou animais que lembram homens, assim curvados, olhando o chão, sempre curvados, todos iguais — sem nenhuma fosforescência nos olhos, como se fossem cegos: cegos olhando o chão. E como se usassem máscaras, de tão iguais, ou fossem todos uma única criatura, acotovelando-se num espelho, num jogo de espelhos, ou eu mesmo diante desse espelho: apenas, eu não estou curvado, não me sinto como se estivesse — nem estou olhando para o chão: não estou.

Falta-lhes não sei o que para serem totalmente humanos — um quê — talvez um pouco mais de vida se é que estão vivos, ou um pouco de dignidade, mesmo que estejam caminhando para a morte, como sempre estiveram. O filho do coletor aqui logo se faria notar, com aquele seu passo firme e sem ambigüidades — sem ambigüidades — como se fosse um autômato mas de uma outra espécie, não desta: — e fitando sempre o horizonte, mesmo que não houvesse horizonte.

Aqui não há nenhum horizonte, há apenas esta rua e estas paredes, este beco sem saída ou com saída: — mas este é um motivo a mais para eu me lembrar de que sou um homem, mesmo que seja apenas um homem suspenso de uma corda, suspenso e não suspenso.

E agora — este cheiro de putrefação!

... sete!

Se ao menos encontrasse uma porta! Não sei por que, mas uma porta.

Este cheiro deve vir dos esgotos, romperam-se os esgotos — romperam-nos. Ou então foram os mortos que subiram à tona, depois de um cataclismo, ou porque tenha chegado o Dia do Juízo: os mortos e os esgotos.

Os vivos também subiram à tona, todos esses vivos, atravancando-se com os mortos, pisando-lhes em cima como sempre pisaram: — só que têm que suportar agora este mau cheiro, estes miasmas, como se se houvessem rompido não os esgotos mas suas próprias vísceras: a alma e os intestinos.

... Este mau cheiro é meu, trago-o comigo, sempre o trouxe: apenas não o sentia antes, quando ainda era capaz de sentir a fragrância das coisas ou sua putrefação — como acontece ao morto, abandonado a si mesmo e ao seu próprio cheiro. — Mas ainda há pouco eu não sentia este cheiro e nenhum outro, prova de que estava vivo ou de que ainda não estava morto, de todo morto — ou prova simplesmente de que este cheiro vem mesmo é dos esgotos, assim trazidos à tona como um aviso.

Aviso do quê, não sei — e o provável é que ninguém saiba: nenhum desses transeuntes tão transeuntes, ocupados em ir em frente e apenas em frente, os olhos postos no chão ou onde deve estar o chão — em meio a esta névoa fria que desce dos céus ou sobe da terra, esta bruma que antes me impedia de ver até a ponta do meu nariz. Parecem pouco interessados em saber sequer se existo, ou sequer se existem, movidos por uma força que a todos obriga a caminhar nesse ritmo igual e apressado, como se fossem autômatos — o que me recuso a ser, e me recusarei, enquanto me restar a última resistência.

De que me valeria aqui uma porta, ou mesmo um portão, não tenho a mínima idéia — mas procuro assim mesmo. Este cheiro me acompanharia até debaixo da terra, ou sobretudo debaixo da terra, e este peso que vem da estratosfera e da ionosfera, e esta asfixia sob este peso: inútil fechar-lhes a porta. À luz da lâmpada tudo seria ainda mais visível, e sobretudo a minha solidão, e a de todos.

Procurar onde mora Andréa, onde eu moro, seria o mesmo que procurar o útero de nossa mãe depois de tê-lo perdido: o mundo aqui fora é que é o meu, na rua, neste ou em outro beco qualquer — junto dos que fogem sem saber por que fogem: não de minha família. Os Medeiros são apenas os Medeiros, descobri isto muito antes de estar aqui — e para isso me arquivei no arquivo, para arquivar o meu Medeiros. Encontrá-los vivos ou mortos não resolveria o meu problema, muito menos o problema do mundo.

... O que se passou estava previsto, só não via quem não via: era comprar os jornais e ler nas entrelinhas, ou então no próprio cabeçalho em letras graúdas, para uso dos míopes e dos distraídos. A menos que me engane e que não tenha acontecido nada disso, aqui em Cafarnaum como no resto do mundo, e ainda esteja por acontecer o grande acontecimento, após este simples exercício de defesa antiaérea, em benefício da humanidade e dos outros animais domésticos. — Isso sem falar da corda, do ultimato da corda, cujo laço não sinto no pescoço mas tampouco sinto o próprio pescoço: e que me deixa assim em suspenso, senão suspenso. Uma porta talvez fosse a solução.

Saí do túnel ou ele saiu de mim.

Esta praça eu conheço mas não é a mesma: é a mesma e não é a mesma — ou sou eu que já não sou o mesmo.

Mas ainda sou o mesmo, sempre fui, eles é que não sabiam. Se me sinto assim lúcido, e até superlúcido, é que apenas estou para morrer, sempre estive, desde que nasci — e, como dizem ocorrer com o afogado, sou capaz de ver dentro de mim mais do que fora de mim: o passado, o presente e o futuro como se fossem um só minuto, um só minuto dentro da eternidade. Eu poderia dizer hoje, neste instante, o que não disse em todos os anos em que estive mudo e gritando palavras inúteis, sentado ou de pé, discutindo isso ou aquilo com os estranhos, quanto mais próximos mais estranhos — antes ou depois que enterraram o irmão não o enterrando. Hoje que não tenho voz é que justamente mais ouço a minha voz dentro de mim, assim percorrendo-me como uma fera enjaulada, rugindo este rugido como ainda agora, sem encontrar eco sequer neste silêncio desta praça, ou do que resta desta praça.

... Se eu estendesse a minha mão, o meu braço, mesmo que em pensamento, poderia tocar o outro lado da praça: aqui tão próximo que pareço enxergá-lo através de um binóculo — ainda encoberto pela neblina que se dissipa à medida que o dia nasce: o primeiro ou último dia.

Há portas nessas paredes, dezenas de portas — e se estão fechadas deve ser por causa deste cheiro de putrefação, que sobe de mim mas também deve subir de todos esses transeuntes, de todos aqueles transeuntes: de repente assim invisíveis, como se se houvessem escondido a um sinal de alarme.

Estendo a mão — a minha mão — e apalpo esta porta que assim caminhou ao meu encontro, eu ao seu encontro, até o centro da praça: aqui onde o silêncio de repente se faz ainda mais silêncio, comprimindo-me os tímpanos e causando-me esta espécie de torpor. Estamos frente a frente, eu e a porta, eu tocando-a com os dedos e ela me tocando: a minha mão assim aberta diante de mim mas invisível, coberta por esta bruma que subitamente se fez mais espessa como o próprio silêncio.

Está aberta a porta, é só empurrá-la: ou então alguém empurrá-la de dentro — daria na mesma: empurro-a antes que a empurrem em cima de mim.

O rangido dos gonzos, esta sensação de lodo na mão: aos poucos este vazio lá dentro me espiando — *aqui dentro* —

não apenas o escuro mas o vazio, como se eu estivesse num túmulo: e este vento gelado no rosto — este vento!

... Estou num navio: os meus pés pisando um navio — não mais a praia, o chão lodoso deste navio — posso escorregar neste chão escorregadio: cuidado — sinto perfeitamente o marulho das ondas sob os meus pés, assim longínquo mas encharcando os meus pés — este cheiro de lodo e de putrefação descendo pelas paredes, do teto, das vigas, este cheiro, aquele, misturado com esta maresia que agora entra pela porta aberta.

Estranho como não esteja jogando este navio — assim ancorado na praça, no meio da praça, mas com o mar ainda debaixo dele, fustigando-me os pés, ou o que ficou de mar debaixo dele — navegando assim ancorado em plena praça, e a todo pano: este ringir de cabos e mastros que só pode vir de um veleiro, de uma galera igual a esta.

... Parece que abandonaram há séculos este navio, este silêncio está coberto de limo e de ferrugem, também este frio — e este vento neste frio: mesmo esta penumbra não tem nada a ver com esta falta de luz, está guardada há um tempo infinito nesta sala de estar ou de não-estar, neste vestíbulo: não adianta abrir a porta, deixá-la aberta.

A distância é imensa entre um passo e outro: este vazio é mais vazio do que todos os que já conheci, incluindo o meu vazio ou então eu estou imóvel, preso a este pântano sob os meus pés, e não consigo ver senão o que estou vendo e não estou vendo, neste círculo de sombra ao meu redor.

De cada canto, em cada escaninho, o olhar do navio me olhando, mudo, implacável, como se eu fosse um intruso —

e é o que eu me sinto: um intruso — neste mundo de algas e caranguejos, de lesmas e lagartos — assim parado no tempo e no espaço, como um lustre.

... Esse espelho repentinamente ao fundo, junto a essa escada: do tamanho de um homem, capaz de conter um homem — tão insólito quanto eu mesmo nesta posição de sentido, nessa posição de sentido, refletindo sem refletir toda esta milenar angústia: assim calmamente, limpidamente — ainda que perplexo.

Estou diante do espelho: A SALA DENTRO DO ESPELHO. — A sala, o navio: NÃO EU, não o que deveria ser eu: — a sala e a sua penumbra. A menos que...

... Mas não e NÃO! — recuso-me a ser apenas *isso*: RECUSO-ME!... Mesmo que tudo não passe de uma farsa, ou de um..., ou seja do que seja, e ainda mesmo que seja apenas a verdade... RECUSO-ME!

... A ignomínia das ignomínias!

... seis!

Esta Coisa — recuso-me a chamá-la de Eu, ou mesmo de Medeiros: essa Coisa fora de mim.

Carrego esse inimigo, ou ele é que me carrega: o dono da corda — o responsável por estes passos que não dou e por estas mãos que não tenho sabendo que tenho — e agora por esta angústia que, bem, por esta angústia, esta maldita falta de serenidade que me...

É como se eu estivesse num escafandro e de repente descobrisse que o meu maior inimigo é justamente não o que está lá fora, mas justamente este inimigo que me protege sem me proteger, esta falsa roupa que assim me deixa mais nu do que se eu estivesse nu, entregue às baratas, a estes milhões de baratas, disfarçadas em chuva ou simplesmente baratas, subindo por estas paredes ou mesmo que não haja paredes, subindo e não subindo, assim paradas no ar, suspensas, grandes ou quase invisíveis — como uma chuva imóvel.

Sento-me quando ele quer que eu me sente, e não parece cansar nunca, assim de pé, sempre de pé, não sobre os meus pés mas sobre os dele, dois, mil, invisíveis como se fossem raízes, uma árvore e invisível, sempre para a frente, sempre, parado ou então para a frente, nunca para trás: como aqueles transeuntes, estes, não sei se os mesmos, sempre os mesmos, ou talvez apenas a minha sombra, a *sua* sombra, refletida nesta chuva.

Ou já se curva andando, e faz que eu me curve como os outros, ou são as coisas que vão crescendo ou vão subindo, como essa pedra que ainda há pouco quase me tolhe os passos, quase *lhe* tolhe: uma simples pedra, nem sequer um paralelepípedo — de repente assim enorme.

Ou então estou em Cafarnaum, isto é mesmo Cafarnaum, e o homem aqui já não serve mais de escala de referência, nunca serviu — o homem, Eu, assim entregue às baratas e às pedras, como uma criatura sem Deus, agora o Deus das baratas e das pedras, o mesmo Deus, sempre o mesmo, agora finalmente mostrando a sua face.

Quando deixarei de andar? — quando ele deixará de andar? — essa Coisa, esse ectoplasma de merda, essa nuvem que talvez seja Deus ou uma de suas moléculas, um dos seus átomos, assim de repente reduzido à sua última expressão, e eu dentro dela? Quando pelo menos me deixará em paz, me exterminará de uma vez se for o caso, e deve ser o caso, simplesmente me exterminando, como eu fazia com a pulga quando eu era um deus, um deus para as pulgas, ou simplesmente o inimigo, assim pousado agora sobre mim como uma montanha, uma montanha andando, um ectoplasma e uma montanha, mais do que posso compreender e do que quero compreender?

Foi-se minha tranqüilidade, forçada mas tranqüilidade, desde que me vi, desde que não me vi, naquele maldito navio, ou seria eu o maldito, naquele navio abandonado na praça, na praça abandonada, eu de todos o mais abandonado, cada um o mais abandonado de todos — abandonado a si mesmo, sem sequer ter a si mesmo.

Estou disposto a lutar, mas não contra mil, contra milhões, e assim invisíveis, assim separando-nos uns dos outros, cada transeunte um transeunte, fechado em si mesmo como num átomo, como o última partícula de um átomo, sem sequer se darem conta de que ainda continuam vivos, só eu me dando conta, tentando convencer-me de que ainda sou eu, de que ainda sou eu, de que ainda sou eu.

Este brinquedo é idiota, estas ruas todas iguais não levando a parte alguma, esta chuva diante dos olhos, esta chuva azul, ora com baratas ora sem baratas, agora sem baratas, simplesmente azul, AZUL, tão repousante e ao mesmo tempo assim horrível, impedindo-me de ver sequer se ainda há horizontes, se ainda há horizontes, ou mesmo se ainda tenho sombra, se não uma face pelo menos uma sombra.

E estas portas e estas janelas, não me arrisco a bater a nenhuma delas, basta-me este silêncio aqui de fora, o meu silêncio, não preciso de que me atirem pelo rosto nenhum outro silêncio, nem tenho um rosto para que me atirem, nem tenho um rosto, apenas este silêncio no lugar do rosto. E se não se abrem é porque ninguém quer sair, ou ninguém quer entrar, e estão fechadas porque já estão fechadas, definitivamente fechadas como as portas ou as janelas de um sepulcro, um sepulcro com portas e janelas, cada casa um sepulcro, com estas paredes que vão até as nuvens.

Nem me adiantaria querer bater a uma delas, mesmo que fosse a minha casa, a minha casa em Cafarnaum, se a Coisa que me prende me continua prendendo, escondendo as minhas mãos e os meus pés, daqui a pouco até o meu pensamento me prendendo, fazendo-me pensar o que eu não quero, o que eu não quero, O QUE EU NÃO QUERO — como já me fez com o rosto e com a minha tranqüilidade. Tenho que tomar cuidado com o meu pensamento enquanto ele ainda é meu, enquanto ele ainda é meu, o último baluarte que me resta do que eu já fui, do que ainda estou sendo, nesta partícula ínfima mas ainda eu — EU e não essa Coisa, não essa chuva nem essa cidade inteira. Este é o meu último reduto, e só cairá quando eu cair, só cairá quando eu cair.

Outra pedra.

Pode ser um embuste ou uma armadilha, talvez uma mina deixada pelo inimigo assim no meio do caminho, o único caminho visível ou invisível, já que o que ficou para trás ficou para trás: o caminho é esta pedra.

Felizmente passo por cima, passam-me por cima, nem era desta vez uma pedra tão gigantesca, batia-me apenas nos joelhos, batia-lhe, lhes, seja quem for, meu inimigo mas não tão inimigo quanto parece. Ou então me estará poupando para algum acontecimento, um grande acontecimento, de que eu e todos seremos partes essenciais, os prótons e os elétrons, os prótons e os elétrons, e não lhe interessa reduzir-me a pó de mim mesmo antes do tempo, antes de chegado o instante final.

Ou talvez fosse mesmo apenas uma pedra, e eu esteja começando a desvairar, eu e o meu pensamento, eu o Pensamento.

... cinco!

Bulldozers: dezenas de *bulldozers,* centenas! — como num carrossel. Estão removendo coisas, aplainando coisas, escombros, carapaças, destroços disso ou daquilo, apenas destroços. — Assim gigantescos, os faróis enormes como os dos elefantes, acesos em pleno dia, silenciosos como se cumprissem um rito mortuário — e cumprem. — Parecem guiar-se sozinhos, ou então estarão sendo guiados por um controle remoto, teleguiados — muito mais seguro do que se fossem máquinas humanas, assim como eu: máquinas com o homem dentro da máquina, a máquina dentro do homem.

Terríveis são, mas inofensivos: apenas *bulldozers.* Passam por mim, pela Coisa, e seguem em frente, em fila de um mais um mais um, a intervalos certos, os faróis e o resto atrás dos faróis, sempre em frente, como tudo em Cafarnaum até o fim dos séculos. Deixá-los passar!

Pelo menos a paisagem é outra, com a esperança ao menos de que estejam nascendo *bulldozers* além das montanhas, além do horizonte — de que esteja nascendo alguma coisa, e não apenas morrendo. E calmos, tremendamente calmos, como eu gostaria de ser, como eu era antes que me roubassem a minha identidade: eu, André por vezes Andréa, da família dos Medeiros como poderia ser da família das cucurbitáceas, mas André, com dois pés e sem rabo após toda uma evolução multimilenária, toda uma espantada e espantosa evolução: para chegar apenas a isto — a *Isso*.

Se eu pudesse acompanharia esta manada de *bulldozers* assim para trás, para atrás de mim, até onde deve estar o meu passado — a menos que estejam caminhando justamente para o futuro, um impossível e imprevisível futuro, pelo menos para mim. Mas o escafandro diz que não, diz que não, e o que ele diz é o que está dito, não adianta querer dizer o contrário, até que pelo menos se aclarem as coisas e me aclarem — fora desta placenta azul.

Porque o que eu estou é nítido, lúcido e nítido, como se estivesse para nascer e não para morrer, esta fosforescência e esta nitidez do nascituro e não do moribundo, e muito menos do morto — aqui agora nesta esquina, plantado como uma árvore, finalmente plantado: as raízes de um outro.

Talvez esteja é mesmo nascendo e não morrendo, nascendo ou por nascer, aqui dentro deste útero de minha mãe, só que não sei que mãe, ou renascendo, é assim que se renasce, deve ser assim, esse ar que me falta e esse vento, essas paredes que se aproximam e logo se afastam, este peso de um corpo sobre o meu corpo, o que será ainda o meu corpo, esse cordão umbilical me sustendo e me puxando para a frente — e este silêncio, sobretudo este silêncio, e esse lodo no que seriam as minhas mãos, e esse pântano em que se afundam os meus pés — essas águas que me cercam ou já me cercaram, essas águas assim pútridas, com esse cheiro de putrefação.

O navio então seria eu mesmo, eu mesmo navegando nesta putrefação, ancorado e já navegando, ainda nem bem um navio, apenas a carcaça, o seu esqueleto e o meu esqueleto, invisível porque eu mesmo, visto por dentro e não-visto na minha penumbra.

O fato de eu ser André Medeiros apenas significa que vou ser André Medeiros ou já fui, André e não mais Andréa, enfim eu e apenas eu, mesmo que esteja nascendo pela primeira vez, às vésperas do meu nascimento, com esta memória que pode ser uma memória ou apenas alucinação, como são e serão esses *bulldozers* e esses elefantes, esses transeuntes caminhando nos meus olhos e nas minhas veias — esses antepassados.

Devo jogar com todas as hipóteses e esta é uma, já que me puseram neste jogo e eu estou nele, e nem tenho coisa melhor para pensar e apenas pior, O PIOR, ou esta hipótese ou a pior, ou simplesmente nenhuma, o vazio no vazio, a ignomínia na ignomínia, este caos dentro desse caos, prótons e elétrons, lesmas e baratas, o átomo e o atômico — a quintessência do nada.

Mesmo como árvore estou à espera de que me arranquem ou eu me arranque desta esquina, desta encruzilhada, com todas essas raízes do outro ou sem elas, o irmão na sua bicicleta, o avô e o ronco do avô, os ratos do arquivo e a máquina à minha espera, sobretudo a máquina, este peso no meu estômago, Cordiais saudações, Saudações cordiais, Mozart à espreita, o que já foi ou será Mozart.

Posso não passar inclusive de um espermatozóide, eu o espermatozóide, esta placenta e o resto como uma alucinação a mais, eu o espermatozóide, ainda no testículo do avô ou do bisavô, vogando neste navio sem vogar, eu o espermatozóide, esta chuva do tempo me mantendo neste caldo de cultura, o esperma do avô ou do meu pai, eu o espermatozóide, esta calma e este silêncio que antecede as grandes manhãs.

Esta fosforescência, esta nitidez, não pode ser a de um morto, nada tem a ver com o fogo-fátuo, nem mesmo a de um moribundo ou a de um condenado à morte, pela forca ou pela cremação coletiva, dos cadáveres e dos ainda não-cadáveres, no deserto de Nevada ou no que já foi ou será Nova York ou Moscou. Esta premonição defunto nenhum a pode ter, menos ainda quem nem ao menos foi defunto, não se lembra de ter sido — mas e apenas este vulcão assim nascendo, este vulcão, grávido de si mesmo e de tantas coisas, grávido ele e não a terra ou a sua mãe, fruto da partenogênese apesar da cópula e do cordão umbilical: da geração espontânea e não da partenogênese.

No princípio era o Caos, e está sendo o Caos.

... quatro!

Mas essa Coisa existe, estou prisioneiro dela, útero ou não me sufoca e me estrangula, tenho que libertar-me enquanto é tempo, já estou sendo um feto tardio, um feto infeto, um parto é laborioso mas não tanto assim, nem o parto de uma montanha, desta montanha em cima de mim, ou então sou um rato e não um deus, *nem sequer um homem: um rato*, um rato lúcido e nítido, já nem tanto assim, plantado ainda na esquina e à espera, à espera do quê, não sei: à espera: à espera da sua putrefação final e que já se anuncia, da sua e da putrefação do mundo, o seu mundo, este e não nenhum outro, o dos seus antepassados e não dos seus descendentes, que já não haverá mais descendentes, somos os últimos, e para isso e por isso é que descemos, e estamos descendo, e continuamos descendo.

Estamos, e não eu sozinho: todos estamos, esses transeuntes transeuntes e eu aqui parado, *Ele* e não eu — *Ele,* o mesmo que me visitava e que só agora descubro ser o mesmo,

Ele, que assim já se anunciava e eu tinha na conta de um amigo, Doralice e não Alice: PARA OITO CAVALOS OU QUARENTA PESSOAS: o mesmo, sem cílios e sem supercílios, sem pálpebras, todo de negro, fitando-me invisível dentro do espelho: essa Coisa parada assim à minha frente, ou comigo parada, impedindo-me de caminhar.

Perplexo ele, não eu, aqueles olhos em brasa que jamais esquecerei, não vejo mas vejo, o meu inimigo ou simplesmente o Inimigo, movimentando todos esses cordéis ou não os movimentando, todas essas cordas, os próprios elefantes movimentando, e os *bulldozers*, mais este peso e esta asfixia, as nuvens paradas no céu, o pântano e a areia movediça, o cheiro de putrefação: *ATOMS AT WORK*. — É ele o dono de tudo e o dono de nada, tão nocivo quanto Deus se não for o próprio Deus, o álibi de que se serve Deus para lavar as mãos sempre sujas, como se serve também do homem, ou da fera, ou de qualquer dos seus elementos desencadeados. Ele, qualquer que seja o nome: mas o Inimigo.

....

Então não estou nascendo, estou e estamos morrendo, as criaturas de Deus, as caricaturas de Deus, o seu joguete, desde o princípio do mundo até o seu fim que se aproxima, que já estamos respirando mas sem respirar, sem ao menos o vento que nos era dado neste deserto — em seu lugar agora este plancto, esta poeira de estrôncio assim suspensa entre o homem e o homem, entre o homem e a sua própria sombra — e assim azul que é para a morte parecer azul, azul e não negra ou vermelha: esplendorosamente azul.

Mas se pensam que me entrego de mãos atadas estão enganados, nem atadas nem desatadas, e mesmo que me atassem como uma múmia eu não me entregaria, nem que me pusessem de cabeça para baixo ou do avesso, as entranhas à mostra, as minhas entranhas, onde está o meu pensamento, o Pensamento: nem assim me entregaria. Que para isso sou eu e não Ele, mesmo que sejam milhões de Eles, e vim para dar o meu testemunho e estou dando-o, a quem não importa desde que o dê a mim mesmo, eu o sobrevivente dentro de mim, à minha consciência ou mesmo à minha inconsciência, ou mesmo a Ele ou a Eles e à sua corja, assim tranqüilos me roubando o que ainda resta da minha consciência, tranqüilos e ferozes como deuses, no seu anonimato e na sua covardia, eles sim os covardes, manipulando e fazendo manipular toda uma hecatombe para acabar com um simples homem, como fazem com os ratos, todo o peso do céu para acabar com os ratos: a corja.

Podem me virar do avesso que não me viro, sou eu mesmo do avesso como do direito, e mesmo que me esquartejem e espalhem os pedaços continuarei sendo eu mesmo, como um caleidoscópio é um caleidoscópio e não um simples jogo de espelho, um caleidoscópio até que o matem por ter sido mais que um simples joguete, mais capaz de beleza do que quem o fez ou desfez.

Meu raciocínio lhes pertence mas não a minha consciência, podem me fazer girar como um pião mas é em torno de mim que eu giro, não em torno deles, este o meu sistema solar e desafio-os a arrancar-me o sol como podem fazer com o seu, eles que se julgam os donos de tudo e são os donos de nada, e se apavoram com o Nada de que vieram e a que estão sempre voltando.

Enquanto eu puder pensar eu pensarei, lúcido ou não pouco me importa, e nem preciso de lucidez para lhes cuspir no rosto até o fim, basta-me apenas esta vontade de cuspir, esta ânsia e esta força incoercível, de que sou o único deus porque nasceu de mim e não deles: como lhes cuspo agora e até depois de morto — e mesmo já antes de haver nascido.

Não lhes tenho ódio mas desprezo, como nunca tive ódio à polícia ou aos donos da polícia, nem a todas as polícias do mundo reunidas, que apenas procuravam, e mal, imitar o exemplo vindo de cima, com as suas providências copiadas da Divina Providência, punindo os inocentes e sobretudo os culpados, os culpados de serem inocentes, como se punissem o canceroso e o animal de duas cabeças.

Esta história de me plantar aqui como árvore, nesta ou em qualquer esquina, é para Eles o cúmulo da humilhação, quando os únicos humilhados serão eles mesmos, assim forçados a me manter nesta posição forçada, hora ou séculos seguidos, como se eu fosse uma presa muito mais importante do que sou, ou talvez então porque o seja, mortal porém imortal enquanto vivo. Como árvore lhes cuspo na cara do mesmo jeito, mesmo que me derrubem e sobretudo se me derrubam — e, enquanto não cuspo, posso ouvir nitidamente os pássaros que me procuram como árvore, embora Eles também tenham prendido os pássaros ou os transformado em pedras ou em prótons e elétrons.

Espero pelo pior, mas já a esta altura o pior será apenas mais um motivo para eu lhes lançar meu testemunho no rosto, o meu testemunho e o meu cuspo, e não apenas em meu nome mas no de todos, desde que o homem foi inventado e com ele o câncer e a bomba atômica, a cadeira elétrica ou o amor não-correspondido.

Uma árvore: a esses pândegos falta-lhes sequer imaginação!

... três!

Esta lama nas mãos — afundando-se com as minhas mãos.

Estou caminhando com as mãos, não com os pés: e no entanto estou de pé, continuo de pé, apenas um pouco assim inclinado para a frente, apoiando-me nas mãos de cima para poder manter o equilíbrio.

Meus pés são duas mãos, assim crispadas, as palmas sem tocar no chão, apenas o dorso e o pulso suportando o meu peso e este peso em cima de mim: agora dentro. E meu todo este peso que assim me faz chafurdar na lama, atolar-me até acima dos pulsos, não nos tornozelos, muito mais do que me acontecia antes, do que me aconteceu mesmo dentro do navio, no pântano do navio.

Estou pesando muito mais do que eu, e esta respiração também é muito mais profunda do que a minha, este esforço que faço para respirar todo este ar ou esta falta de ar, como se houvesse em mim não mais um fole mas toda uma caverna, o vento de uma caverna. Carrego comigo, não sobre os ombros, um fardo como jamais carreguei, nem quando trazia comigo Andréa ou o cadáver do irmão — pois então me bastavam os meus dois pés para ficar de pé, e não precisava para caminhar de apoiar-me assim sobre as quatro mãos.

Sobre as quatro mãos... — minhas, todas elas, ou então d'Ele, da Coisa — vem a dar na mesma. Agora sou Ele, desde que despertei, e é Ele quem me arrasta assim sobre esta lama, quase me fazendo focinhar nesta lama, com o meu focinho e não com o meu nariz, e a mandíbula assim também enorme, como se eu trouxesse uma corda atada ao pescoço — para baixo e para a frente.

Devo ser, devem querer que eu seja, ou um gorila ou o próprio homem das cavernas, de qualquer forma um antepassado do homem, não o próprio Homem — embora a minha consciência me grite que sou um homem, que ela é um homem, e que o fato de andar de quatro não me atinge desde que eu não ande, apenas esse gorila fora de mim ou esse homem das cavernas.

O Homem das Neves — o mais certo — se levar em conta o frio intenso que me cerca e que o cerca, e mesmo essa lama pútrida que só pode pertencer a um mundo extinto há milhões de anos, ou de novo assim extinto, com esses mamutes que ainda há pouco desfilaram por mim com os seus faróis acesos, disfarçados de *bulldozers* ou não-disfarçados.

Esta dor de cabeça talvez venha do tamanho desta cabeça, não estou habituado com ela — ou então desta fome assim repentina, uma fome de milhões de anos, esta fome desse Outro assim perdido nesta geleira, Ele e a sua abominável fome, capaz de devorar a mim mesmo se me descobrisse dentro de mim.

Dói-me a cabeça e com ela a minha consciência, sou eu esta dor e esta fome, tenho que aplacá-la ou de um modo ou de outro, nem que seja devorando esta lama que se estende até o infinito, até onde deve estar o horizonte — e devorando se preciso a mim mesmo, a uma das minhas mãos.

Eu o Abominável neste gelo eterno, não sei se eterno mas agora eterno, com este gosto de gelo descendo-me pela garganta e pelo esôfago, esta lama pútrida entrando-me pelo estômago como se fosse um esgoto, eu este esgoto — mas ainda assim capaz de sentir esta ânsia de vômito, este vômito: a minha consciência vomitando. Não sei o que come esse Outro, há milhões de anos que não come, que não como — mas há de querer comer a própria sombra no seu desespero, no meu desespero, e está comendo e não está comendo, esta sombra não se come e não se acaba, nem é uma sombra mas a minha vista que escurece, a minha vista e a minha consciência: estou vomitando essa sombra.

Uma das minhas mãos, poderei andar sem ela, para isto é que é minha, é que é nossa, a direita que é a que está mais perto, cometeu esta imprudência de ficar assim tão perto, assim peluda mas ainda minha, e enorme como se eu tivesse um pássaro na mão — um pássaro.

Este trilho, este par de trilhos — onde era a neve, estes trilhos estes trilhos sobre a neve.

Dói-me a cabeça, dói-me sobretudo a mão direita, o que era a mão direita — mal me posso equilibrar assim para a frente, caindo assim para o lado, quase caindo, este cheiro de putrefação mais forte dentro de mim: mas seguirei estes trilhos.

Não há dormentes, apenas os trilhos, eu no meio deles, surgiram assim repentinamente mas há muito que me acompanham, que os acompanho, posso vê-los atrás mesmo sem vê-los, estou dentro destes trilhos há milênios, há milhões de anos, hão de me querer levar a alguma parte, estão me levando.

... Sou carnívoro ou sou herbívoro, agora sou antropófago, mesmo não sendo um homem devorei um homem, comecei a devorá-lo e vou até o fim, antes que ele me devore ou que nos devorem: um dos dois não chegará até o fim da linha, desta linha, a menos que este já seja o fim: o começo e o fim.

... Monótona esta paisagem sem paisagem, eu subindo por estes fios sem subir, ou talvez descendo, sempre este abismo de branco e branco, à minha frente e por detrás, nem sei mais onde fica a frente e onde fica atrás, posso estar andando de costas que eu nem sei, o que sei é que ainda não estou de rastos nem estarei, mesmo que me ponham de rastos eu subirei n'Ele e o cavalgarei: o centauro a cavalo.

... O branco, o branco, o branco, o branco — até o azul desapareceu neste branco, até eu desapareci neste branco, até Ele: a minha consciência já se vai fazendo branca neste branco, assim cada vez mais branco e branco — a minha consciência, o branco.

... Acabaram os trilhos, ou então já não os percebo mais. — Acabaram: aqui estão de cada lado, os dois, assim parados de repente, de repente aqui parados — diante deste lago.

ESTE LAGO BRANCO.

... dois!

À minha direita o Aristeu — a máquina, os ratos no porão, a luz assim forte sobre a minha cabeça, os ratos, este vento de setembro, só pode ser de setembro, este barulho que vem da rua, a janela, Diomira junto da janela — os ratos sob os meus pés.

Recuso-me a ser um rato, recuso-me, sou um homem e não um rato, a luz de setembro no meu rosto, a máquina de Mozart, eu Mozart, este frio não é de setembro nem está nesta sala, tampouco vem desses calhamaços e desses alfarrábios nas paredes, no chão, dentro de cada um de nós, dentro dos seios de Diomira — recuso-me a saber de onde vem este frio, nada tenho a ver com este frio, estou no arquivo mas sou um homem, UM HOMEM, com um nome e um sobrenome, e até com uma carteira de identidade: não sou um rato.

Inútil que me façam rastejar assim, como um rato ferido, por este porão assim frio, escuro e frio, e com este rabo preso às minhas costas, o rabo de um outro e não meu, e este focinho afilado com este par de bigodes que nada tem a ver com o meu bigode ou o meu focinho, com o meu nariz digo: — inútil. Insisto em continuar batendo este ofício, Senhor diretor, Atenciosas saudações, *sine qua non, Nec Plus Ultra,* o meu guarda-chuva no porta-chapéus, estou bêbado mas sou um homem, um funcionário mequetrefe mas um homem, menos que a bicicleta do irmão mas ainda assim um homem: deixem-me morrer como um homem.

Um rato não teria esta lucidez de um homem, mesmo assim acuado, neste frio e acuado, sabendo que vai morrer porque resolveram que vai morrer, os donos dos ratos, os donos da ratoeira, por coincidência os mesmos donos dos homens, os donos desta ratoeira para homens — mas por mera coincidência, nada mais do que isso. Nem, se eu fosse um rato, estaria agora protestando contra esta condição de rato que me é imposta, imposta mas não imposta, simplesmente não estaria protestando, e continuaria rastejando sem protestar, morto por morto cada um tem o seu dia e este seria o meu dia.

Mas pelo visto este é o dia de todos e não apenas o meu, o dos ratos e o dos homens, e isto me faz aceitar ainda menos esta ignomínia imposta assim a todos, imposta mas não imposta, em nome seja lá do que for ou mesmo em nome de nada, por capricho ou por desfaçatez divina — ainda que ponham a culpa no homem como sempre, ou seja ele em parte culpado por querer juntar-se aos seus algozes.

Agora estou andando de bicicleta e não quero ser perturbado, façam-me parecer com o que querem mas deixem-me andar na minha bicicleta, na minha e não na do irmão:

esta eu construí agora mesmo e é dotada até de asas, como de resto a do irmão também era — mas esta é realmente minha. Saiam da frente se não querem ser atropelados, que não é do meu feitio atropelar ratos nem fabricantes de ratos, e muito menos fabricantes de falsos ratos, com a consciência de homem como esta minha. Simplesmente saiam da frente.

Esta é a cidade em que nasci e em que morri, a minha cidade, e já a vi uma vez assim de cima em companhia de Andréa, mas na verdade apenas em minha companhia, eu e eu mesmo depois que me descobri — não depois que me fizeram Vocês, pulhas, sem saber o que estavam fazendo. É uma bela cidade como qualquer cidade, só agora estou sabendo, com a sua gente e os seus sonhos de gente, não de filhos de Deus ou de filhos da puta, que isso não conta e faz parte dos esgotos da cidade. É uma cidade sobretudo minha, não igual a nenhuma outra, com as suas pedras que ainda trazem as marcas dos meus pés, mas dos meus dois pés e não dos quatro que Vocês querem me emprestar me emprestando — e sobretudo os meus pés da infância, que nem Vocês nem ninguém me poderão roubar de cima da minha bicicleta.

Podem fazer-me focinhar à vontade, nesta falsa escuridão ou em qualquer outra, com este rabo que me deram de empréstimo e lhes deve estar fazendo falta: no fundo quem está focinhando são os Senhores mesmos, os Senhores e não Vocês, que não gosto de intimidade com quem não conheço nem quero conhecer, ou conheço de sobra e prefiro manter a distância.

Aqui em cima o frio é outro, nem é um frio, é o vento que voltou a bater no meu rosto como antigamente, assim de encontro a mim e à minha bicicleta — depois que me vi refletido no lago e vi que ainda era o mesmo, e que tudo não passava de uma pulhice de pulhas, de coisa sem imaginação de quem nunca teve mesmo imaginação, repetindo-se sempre no mesmo jeito, ainda quando fazem explodir uma bomba atômica ou uma superbomba, depois de anunciar aos quatro ventos a última maravilha do século.

Sabem o que falta aos Senhores debaixo desta minha bicicleta — o que sempre lhes faltou e há de lhes faltar sempre, por toda a sua inútil eternidade?

Apenas isto: o senso de *humour* — se é que porventura sabem o que isso significa em inglês, ou mesmo em dinamarquês.

... um!

— Esta corda...
Pelo menos sou eu mesmo: a volta na bicicleta pelo menos me devolveu estas mãos e estes pés, deixou-me momentaneamente a sós comigo, de novo dentro de mim, não mais um rato de esgoto acuado no fundo do esgoto — eu mesmo e esta corda.

Nem mesmo o frio já é tão intenso, a asfixia sim mas não o frio, e posso até sentir a minha pele respirando fora do meu corpo, cada poro respirando como se fosse eu mesmo mas dividido em milhões de bocas, em milhões de almas — muito mais lúcido assim multipartido e espalhado na atmosfera, como se me houvessem feito explodir em milhões de fragmentos, dentro daquela ratoeira. Mas se estou no espaço também sinto que estou inteiro, posso apalpar-me em pensamento dos pés à cabeça e até por dentro, sou o que era e o que sempre fui, André Medeiros — apenas com esta corda ainda atada ao meu pescoço.

...Estou suspenso desta corda, e este nó na garganta: — então é apenas isto um nó na garganta, APENAS ISTO, e não o que eu sentia antes de sentir tudo isto: — o colchão do irmão ainda com a nódoa e o peso do seu corpo, Clara menina pastoreando os meus primeiros sonhos, o canivete do Castanheira apontado para o meu coração, aquela angústia de saber que iria morrer um dia e depois a angústia de não morrer, o menino morto e os trovões rondando a cama de minha mãe, os trovões — então tudo isso nada tem a ver com ISTO, esta sufocação e este sangue represado dentro de mim, este rumor surdo dentro das minhas têmporas, este rumor de silêncio.

Estou suspenso e estou sendo suspenso, puxam imperceptivelmente a corda do alto daquela clarabóia, sinto que estão puxando — meu corpo balouça imperceptivelmente neste vento estagnado, preso como eu no fundo deste abismo — preso e ainda não preso, rumo àquela clarabóia no infinito.

O que fizeram de mim está feito, o que eu mesmo fiz de mim, este estrangulamento perfeito, eu este pêndulo morto e no entanto ainda vivo, este cérebro latejando dentro de mim e eu dentro dele, esta minha consciência muito mais eu do que quando nasci, sem nenhuma placenta e apenas esta corda me ligando ao mundo exterior, ou ao mundo interior. O dono deste cadáver sou eu mesmo, mesmo que o reclamem os outros não o reclamando, os donos do mundo e agora deste submundo, se é que ainda existem sobreviventes para sobreviver a alguma coisa, e não tenham sido todos colhidos pela hecatombe — colhidos e agora recolhidos como eu.

Tentaram reduzir-me a pó e não me reduziram, aqui estou eu com a minha corda e com a minha consciência, íntegro e íntegro, fora do alcance de suas armas de longo alcance, de suas experiências homicidas ou suicidas, fora do seu sistema solar ou de qualquer outro sistema — eu o rebelde, o rebelado, mesmo que apenas um desertor: o desertor no deserto.

Levarão séculos para me içar, se é que estão realmente içando, e enquanto dure esta longa ascensão do meu cadáver, mas também do que está dentro dele, eu e não ele — continuarei minuto a minuto a cuspir-lhes do fundo da minha consciência, com esta corda no pescoço mas cuspindo, em sinal de protesto e sobretudo de nojo — por mim e por todos esses que morreram nos meus testículos, que morreram ou que estão morrendo, juntamente comigo morrendo, nesta matança dos inocentes.

Mesmo morto continuarei dando meu testemunho de morto. Esta chuva imóvel serei eu que estarei cuspindo.

Este livro foi impresso nas oficinas da
DISTRIBUIDORA RECORD DE SERVIÇOS DE IMPRENSA S.A.
Rua Argentina, 171 – Rio de Janeiro, RJ
para a
EDITORA JOSÉ OLYMPIO LTDA.
em julho de 2008

*

76º aniversário desta Casa de livros, fundada em 29.11.1931